中国诗人

老鹰 著

行走大地
XING ZOU DA DI

春风文艺出版社
·沈阳·

图书在版编目（CIP）数据

中国诗人. 行走大地／老鹰著.—沈阳：春风文艺出版社，2024.4
ISBN 978-7-5313-6582-2

Ⅰ.①中… Ⅱ.①老… Ⅲ.①诗集—中国—当代 Ⅳ.①I227

中国国家版本馆CIP数据核字（2023）第224617号

春风文艺出版社出版发行
沈阳市和平区十一纬路25号　邮编：110003
辽宁新华印务有限公司印刷

责任编辑：韩　喆	责任校对：赵丹彤
装帧设计：Amber Design琥珀视觉	幅面尺寸：125mm × 195mm
印　　张：9.25	字　　数：154千字
版　　次：2024年4月第1版	印　　次：2024年4月第1次
书　　号：ISBN 978-7-5313-6582-2	定　　价：42.00元

版权专有　侵权必究　举报电话：024-23284391
如有质量问题，请拨打电话：024-23284384

序

诗与日常生活的远方

津子围

老鹰的诗稿《行走大地》送到我手里时,着实令我惊讶。

在我的印象中,老鹰是位专业底蕴深厚的学者型领导,他在外事领域深耕多年,既有外经外贸实战经验,也有驻外机构工作经历,乃至成为省外事部门的主要领导。我们有过两次在同一个城市工作的交集经历,早期接触不多,后来在省里工作才有了密切接触,留下了深刻的印象,他行事儒雅、作风严谨,透露出强烈的专业精神,令我十分敬佩。然而,老鹰写诗,却出乎我的预料。在我的印象中,职场人偶尔附庸风雅写首诗歌不足为奇,而写出一系列诗歌就另当别论了。这与职场人工作繁忙有关,当然也与心态心境心情有关。所以,当我看到厚厚的一本诗集时,立即引起了强烈的好奇心,他究竟是在怎样的心境下创作出这些诗作的呢？

首先，诗集的名字很好——行走大地，体现了一种时空感，我们都离不开脚下的大地，离不开所处的时代，正是在这个特定的时空里，"志足而言文，情信而辞巧"。于是有了属于作者独有的情感抒发和诗词歌咏，印证了当下流行的那句话：脚下有大地，心中有梦想。

诗集收录近百首诗，分别编入"太平洋的蔚蓝——行，心之所至""今天的花格外红——工作印记""在独处的时光里——人生启示""喜欢这生活有时再慢些——自然相遇""风过飘香，与花窃窃私语——花的世界""平静的日子每天都风起云涌——屏视世界""踏上草地青青——新加坡的雨，南美洲的云"七个部分。

通读下来，我感受到老鹰的态度、情怀和真诚，每首诗都源自他的日常生活，是他工作、生活中的所思、所感、所赋，系有根之作，绝非"或理在方寸，而求之域表""或义在咫尺，而思隔山河"。他在惯常、枯燥的日常生活中发现美、有所思并以"诗言志"。我觉得，老鹰的诗是日常生活的远方，或者说，由于心境的远方，他的日常生活有了诗性。

首先是态度。马克思认为日常生活观念问题的首要前提是现实的个人，同时他在对费尔巴哈、鲍威尔以及施蒂纳的批判过程中，辩证地论述了实践的个体和唯物主义之间的历史关系，将实践放置在社会历史的维度上进行辨析，并在此过程中明确日常生活观念的现实基础以及存在前提，而这个前提是，人们为了能够"创造历史"，必须能够生活。据我了解，日常生活中的老鹰饱读诗书，涉及文学、历史、哲学、国际政治、经济以及外文书籍。无论外面多么喧嚣，碰上一本好书，常常手不释卷，要一气读完。"书是一扇门""书是一扇窗""书是一座矿""书是一片海"……（《书是读不尽的》）"坚持运动坚持读书/每一天都不虚过/相信雪过天晴春天来的时候/一定会遇到更好的你我"（《今年的第一场雪》）。他尤其喜欢诗歌，诗歌的韵律让他着迷，每天都要读上几首唐诗宋词，好的现代诗，无论国内和国外的，都会千方百计找来。偶尔，也会有感而发，随时记录自己当时一瞬间的感动和思考。"人要有敏感的灵魂/又要有粗糙的神经/人要有滚烫的血液/又要有澄净的眼睛"（《面对，是最好的修行》）。对待日常生活的正确态度，决定了诗歌创作的正确态度，从而使得他的诗作呈现出积极、乐观、进取的姿容，充满了足劲的正能量。

其次是情怀。收入集子的诗作都与老鹰的工作和生活有关，职业生涯中，无论是旅游局工作期间的忙碌，还是外办工作的特殊经历，都引起了他的感悟和思考，甚至独处时与自然相遇，与花卉窃窃私语，也可以打开心扉，隔着空间维度展开对话。记录类如登天池有感的《心愿》、记录于柏林犹太人墓前的《反思，不再躲藏》。还有《临别感言》："虽说远在异国他乡/但时时刻刻感到肩负的使命/为了寻找一个个答案/多少个日子总是在灯下迎来黎明"。思考类如《走进思索之苑》："因为不变的信念/才不屈不挠，格外顽强/因为不变的执着/让黑暗退去/终于见到黎明的曙光"，《跑起来，不停》："跑步，是与自己灵魂的对话/你一个人说话给自己听/得意时要谨言慎行/困苦时要坚持坚定/再远的路都会到达/再暗的夜都有黎明"。不知道为什么，读老鹰诗作时，我的脑子里闪烁跳跃着刘勰《文心雕龙》里的句子："意得则舒怀以命笔，理伏则投笔以卷怀，逍遥以针劳，谈笑以药倦。""才自内发，学以外成。"他在日常生活中，构筑起可以抗衡寂寞的文心，雕刻出超越时间针脚的龙骨。

再次是真诚。诗以言情，没有真感情的诗是不能打动人的。2021年，面对接踵而至的外事任务，他深感责任重大，想起一次次过往，正因为没有逃避，才一次次成长。"从小就非常腼腆/不善言语/却偏偏让你站在台上/还要讲外文　做翻译//从小就怕见陌生人/一见就想钻进地缝里/却偏偏让你担任联络处长/负责联系国内和国际//从小就怕对着镜头/眉头紧锁　没有笑意/却偏偏让你当新闻发言人/代表推广旅游的魅力……一切的挑战/已经成为最美好的记忆/一切的考验/随着岁月已沉淀在心里"（《面对压力》），语言朴实而且坦然真诚。2022年，他的好友王咏因心梗突然去世，他瞬间潸然泪下……"无法再兑现了/我们彼此的一个个承诺/再也看不到了/在一起最开心时你的笑容/再也听不到了/你指点江山时的慷慨激越……留给我们无尽的心痛啊/留给我们千万般的不舍/留给我们永久的思念啊/留给我们回忆永不枯竭"（《好朋友，咏别！》）。人生忽而半百，不知老之将至。对于在漫漫宇宙长河中转瞬即逝的生命个体，唯有真诚和真情，才能诠释生命的"在"和"生活世界"的含义，才能极致地感受生命的精彩。

　　我觉得，老鹰这些源自日常生活、质朴而不炫技的诗歌，进入了从卢卡奇、列斐伏尔到赫勒等西方马克思主义学者关于"日常生活"的实践范畴，从某种意义上说,《行走大地》给了我们一个正向的启示：其实，我们每个人都可以在平凡的日常生活中创作自己的诗与远方。

2023年12月于沈阳

津子围，辽宁作家协会副主席，一级作家。出版长篇小说《童年书》《十月的土地》《大辽河》等十七部，中篇小说集《大戏》等七部。多篇小说刊发于《人民文学》《当代》《十月》《上海文学》等，近百篇小说被选刊及各类年度选本选载，入选中国小说排行榜。获《小说选刊》中篇、短篇小说奖，首届鲁艺文艺奖，小小说金麻雀奖，曹雪芹长篇小说奖等。担任编剧的电视剧获得第二十五届、第二十六届中国电视剧"飞天奖"和第十一届中宣部全国"五个一工程"奖。话剧《北上》获第十七届中国戏剧节"优秀剧目奖"、第五届华语戏剧盛典十佳作品、第三十六届"田汉戏剧奖"。

序二

行走大地的诗人

郎恩才

仿佛置身于如梦如幻之境，行走在这如诗如歌的大地。恍惚间，又感觉是这般真实清晰。

读老鹰的诗集《行走大地》，令我无比愉悦，思绪万千。一桩桩陈年往事涌上心头。1999年，老鹰在旅游局任职，风华正茂，年轻有为。我与他一见如故，相识恨晚。我们一起商讨旅游文化有关事宜，主编出版《旅游名胜诗画集》《百景百诗》《鸭绿江诗情》等三本诗画集。其间，我与老鹰及辽宁的诗人们深入景区游览采风，创作诗歌作品百余篇，为辽宁旅游文化事业发展做出了积极贡献。

《行走大地》这部诗集内涵丰富，思维广阔，寓意深远，让人展开无边想象。读完这些诗，仿佛我与老鹰再一次一起行走大地。读者与诗人一起行走在大地上，欣赏大自然的壮丽景色，感悟大地上的传奇故事，品味人世间的悲欢离合。

读老鹰的诗，可以说是一种艺术享受，一处处引人入胜的风景、一段段异彩纷呈的经历，让人沉醉其间，亦梦亦醒。读罢，读者的视野开阔了，阅历丰富了，心灵充实了，灵魂美丽了。

《梦在鸭绿江》最是难忘。"夜里睡在床上/仿佛枕在水中/心和水一起流淌"。"枕"字妙手偶得，神来之笔。静在动中，动在静里。堪称一首令人称奇的诗歌佳作。

《书是读不尽的》可读性极强，比喻贴切，启人心智，把读者带入书的美好世界。

诗集中写花的诗，每一首都各具特色，诗人可以说是"被花激发了诗情"。诗与花同入画境，颇有灵趣。不同色彩的形态，不同色彩的美丽，不同色彩的寓意，花的世界，千姿百态，精美绝伦。

写于新加坡、南美洲的诗，每一首都引人入胜，令读者陶醉其中，意境幽远，情景交融，足见诗人心之所至，诗兴之美。

行走大地不仅看到一路风景，绿水青山、小桥流水、花好月圆，还要面对现实与难忘的历史。列宁说：

"忘记过去就意味着背叛。"诗集中把这些追思与感悟也动情地、艺术地展现给读者。如《有感"伟大的吻"》《迎接伟大英灵》《历史，不会忘掉》《多想把你们唤醒》等，从不同历史事件、不同角度出发，追怀历史、铭记历史。

诗集所选作品均为自由体新诗。老鹰在这方面有深厚的功底。他的诗，语言朴实无华，简洁凝练；意境时浅时深，曲径探幽；诗句有短有长，不拘一格；音律时高时低，长咏短叹。总之，这是一本耐读的诗集，必将受到读者的欢迎与好评。

我与老鹰相识相知二十余载，总能感到友情的可贵。再忆相识，恍如昨日。而今我已八十有三，老鹰也年近花甲，流逝的岁月化为时光的记忆，心海中导航的灯塔，仍然闪烁着明亮的光芒。

写到此，我突发灵感，写一首诗赠给老鹰：

梦与梦互映诗人的情怀
诗与诗绽放迷人的异彩
我与你从没有隔桥相望
我向你走去你向我走来

我的诗域是茂密的森林
你的视野是无边的大海
林中的百灵呼唤洁白的海鸥
飞溅的浪花聆听山溪的表白

无须寻觅所谓的世外桃源
心与心感受大自然的厚爱
海市蜃楼不会在云雾中定格
昨天或明天，都不等于现在

我在夕阳的余晖中低吟浅唱
你在夏日的海边仍心潮澎湃
在行走大地最难忘的日子里
不平凡的人生依然壮丽豪迈

2023年10月于沈阳

郎恩才，中国作家协会会员，辽宁省作家协会会员，辽宁新诗学会副会长。曾出版诗集《郎恩才诗歌精选》《梦幻365》《生命的影子》《郎恩才人物诗选》等十一部。曾荣获"沈阳工人艺术家"及沈阳市"五一劳动奖章"等荣誉。

目 录
CONTENTS

太平洋的蔚蓝
——行,心之所至

行走在太平洋岸边	/ 3
梦在鸭绿江	/ 5
不尽鸭绿江	/ 7
心 愿	/ 9
神游莫高窟	/ 10
反思,不再躲藏	/ 12
好的城市	/ 14
走进思索之苑	/ 18
静水流深	/ 27
不辜负这一片蔚蓝	/ 29
山·海之恋	/ 32
神奇红海滩	/ 34
一片海,一片蔚蓝	/ 36

目　录
CONTENTS

遇见——温泉小镇	/38
浑 河 源	/40

今天的花格外红
——工作印记

辽宁——天辽地宁	/45
心，在这里安放	/48
谁会想到	/54
有感"伟大的吻"	/57
迎接伟大英灵	/60
历史，不会忘掉	/64
献给你的百年	/67
多想把你们唤醒	/70
为了不会忘却的纪念	/73
面对压力	/75
读"辽宁故事"有感	/77

目　录
CONTENTS

书是读不尽的　　　　　　　　　　　　　/ 80

一句话一树花开　　　　　　　　　　　　/ 83

在独处的时光里
——人生启示

从此行走在青山绿水间　　　　　　　　　/ 89

成　功　　　　　　　　　　　　　　　　/ 91

面对，是最好的修行　　　　　　　　　　/ 94

阶　梯　　　　　　　　　　　　　　　　/ 96

学会独处　　　　　　　　　　　　　　　/ 98

您，把我们点亮　　　　　　　　　　　　/ 101

一生啊，有多短有多长　　　　　　　　　/ 104

随　想　　　　　　　　　　　　　　　　/ 107

一切都是最好的安排　　　　　　　　　　/ 109

发黄的小书　　　　　　　　　　　　　　/ 111

跑起来，不停　　　　　　　　　　　　　/ 115

目 录
CONTENTS

每一次都是新的出发　　　　　　　　　/ 118
强大是人生最美的诗篇　　　　　　　　/ 120
回应"不再沉默"　　　　　　　　　　　/ 122
好朋友，咏别!　　　　　　　　　　　　/ 124
给一位年轻的朋友　　　　　　　　　　/ 129
终于退休回家　　　　　　　　　　　　/ 131
漂　泊　　　　　　　　　　　　　　　/ 134
今天，特别想你　　　　　　　　　　　/ 136
你 不 在　　　　　　　　　　　　　　/ 138
雷声，雨声　　　　　　　　　　　　　/ 140
妈妈，最想你　　　　　　　　　　　　/ 142

喜欢这生活有时再慢些
——自然相遇

挡不住的春天　　　　　　　　　　　　/ 147
轻轻的海风　　　　　　　　　　　　　/ 150

目 录
CONTENTS

今年的第一场雪	/ 153
在这洁白的天地里	/ 155
与鸟儿的对话	/ 157
喜迎春来	/ 159
不再辜负这一片金黄	/ 161
这才是雪的模样	/ 163
海天落日	/ 165
宁折不断	/ 168
展示自己的独特风情	/ 170

风过飘香，与花窃窃私语
——花的世界

花开花落	/ 175
花的短歌（六首）	/ 177
赞美人蕉	/ 180
不屈百合	/ 181

目　录
CONTENTS

雨后绽放　　　　　　　　　　　　　　/ 182

花开有时　　　　　　　　　　　　　　/ 184

晚　开　　　　　　　　　　　　　　　/ 185

题　花　　　　　　　　　　　　　　　/ 187

只要有一朵小红花　　　　　　　　　　/ 189

被花激发的诗情　　　　　　　　　　　/ 191

这一刻的含苞待放　　　　　　　　　　/ 193

雨水，是纯净的吗　　　　　　　　　　/ 194

日日更新　　　　　　　　　　　　　　/ 196

月季花开　　　　　　　　　　　　　　/ 198

平静的日子每天都风起云涌
——屏视世界

大自然铸就灵魂　　　　　　　　　　　/ 203

一场没有结束的较量　　　　　　　　　/ 206

琴声飞扬　　　　　　　　　　　　　　/ 210

目　录
CONTENTS

凝望·希望	/ 213
舞出最美人生	/ 216
有书陪伴的丰盈	/ 219
总在想，夜难眠	/ 222
静静告别	/ 229
苦难与觉醒	/ 232
心灵治愈重生	/ 235
反省胜利与失败	/ 238

踏上草地青青
——新加坡的雨，南美洲的云

新加坡的雨	/ 243
绿	/ 245
从容的旋律	/ 247
河畔遐想	/ 249
美丽圣淘沙	/ 251

目　录
CONTENTS

南大湖畔	/ 253
相识是缘	/ 254
真的要走了	/ 256
临别感言	/ 257
涂鸦出不同天地	/ 259
窗外的云	/ 261
站在云端	/ 263
少年与海	/ 266
加勒比海岸	/ 269
不会消失的辉煌	/ 271

后记　　　　　　　　　　　　/ 273

太平洋的蔚蓝

——行,心之所至

行走在太平洋岸边

车,穿过一片片稻田
稻田如洋面波涌
绿意,缠缠绵绵
好像永远走不出太平洋岸边

车,行过的路千千万
有的宽敞平坦
有的崎岖盘旋
好像永远走不出太平洋岸边

车,绕过一座座山
峭壁上长着孤松
峡谷中水声震天
好像永远走不出太平洋岸边

好像过了千年万年
永远不变的是太平洋的蔚蓝
无论行走多么快多么远

好像永远走不出这太平洋岸边

——2008年6月,写于台湾岛"环岛行",感觉始终走在太平洋岸边。

梦在鸭绿江

推窗眺望
绿的山
绿的水
绿色山水在歌唱

临窗凝望
滔滔江水
带走流逝的时光
时光变得与江水一样悠长

窗边遐想
江水的尽头是海洋
注入海洋的
不仅是江水
还有一路上两岸人的希望

夜里睡在床上
仿佛枕在水中

心和水一起流淌

微风涟漪

情感荡起千层浪

从此

不论走到哪里

心在鸭绿江

情在鸭绿江

梦在鸭绿江

——2009年9月,写于"丹东鸭绿江国际旅游节"期间。

不尽鸭绿江

没有一幅画
能画尽你所有的绿
因为你的绿
来自广阔的天地

没有一支歌
能唱尽你所有的旋律
因为你的旋律
由万物的声音汇集

没有一首诗
能写尽你所有的含义
因为你的含义
由漫长的岁月赋予

没有一个人
能看遍整个的你
因为每一刻的你

都是不同的你

无数的人画出无数的画卷
无数的人唱出无数的歌曲
无数的人写出无数的诗篇
无数的人眼中有无数的你

所以
无数的画
无数的歌
无数的诗
无数人的眼中
才汇成一个真正完整的你

——写于2010年5月,参加"省内诗人鸭绿江行"活动。

心　愿

愿心
像天池的水
清澈透明，宁静致远

愿心灵
像天池的天空
白云悠悠，辽阔蔚蓝

愿路
像登临天池的阶梯
无论多么漫长遥远
总有一种大美在前边召唤

愿世界
给坚持者一个跋涉的过程
更要给他一个可以到达的彼岸

——写于2017年9月，登天池有感。

神游莫高窟

莫高窟
积淀了一千多年的风沙
有足够的分量
支撑起中华民族的脊梁

这里见证了
多少朝代的兴衰
这里记录了
多少岁月的轮回
这里聆听了
多少生命的存亡

莫高窟里的壁画长卷
令无数游客驻足遐想
有的记载着佛教故事
有的描绘着神的影像
有的反映民间的疾苦
有的临摹自然的风光

有苦涩　有辉煌

有愤恨　有希望

有彷徨　有向往

莫高窟

是一首绝美的诗歌　意味深长

是一支古典的乐曲　悠远回荡

是一个不灭的神话　令人向往

——写于2018年5月。

反思,不再躲藏

在城市中央
有一片最中心的广场
留给了死去的犹太人
表达了德国人
对死者的尊重和哀伤

碑
大小不等　宽窄不一
每个都记载着
不同生命的成长
令人不堪回首的岁月
人类曾经有多么疯狂

无论以什么理由开始的战争
带来最多的还是平民的伤亡
多少年来多少人
不断流血牺牲
依然无法把战争阻挡

德意志民族是个伟大的民族
面对当年的滔天罪行
不再回避，不再躲藏
震惊世界的"惊人一跪"
让这个民族赢得一片赞赏

虽然获得了世人的原谅
但发生的历史不应该被遗忘
所以
这片墓地建在了寸土寸金的地方
让来来往往的人们轻轻停下脚步
让血的教训刻印在每个人的心上

——2018年5月，写于柏林犹太人墓地前。

好的城市

好的城市
不一定是高楼林立
一个比一个还高
直插到了云霄里

好的城市
不一定是夜色虹霓
用人造的色彩
给城市披上繁荣的外衣

好的城市
不一定路宽几十米
路修得再好
却不见人流来来去去

好的城市
一定要有历史的蕴底
几百年的建筑

经历岁月的侵蚀
一样地巍然耸立

好的城市
一定处处留下难忘的痕迹
被拆除的柏林墙
还有几块放在原地

好的城市
一定会有文化的根基
图书馆　博物馆　大剧院
吸引着人们聚集

好的城市
中央一定会有
一处处森林　一望无际
一处森林就是
一片人人向往的天地

好的城市
楼房可能很老

却整洁无比
每个窗口有鲜花盛开
为路人绽放着美丽

好的城市
道路两侧也有杂草丛生
却未被修剪得整整齐齐
落叶踩在脚下沙沙作响
原生态的自然包围着你

好的城市
都应该有分明的四季
每个季节有不同味道
让生活五彩斑斓　格外靓丽

好的城市
不是每个人都步履匆匆
更多的人愿意放慢脚步
品味生活中的点点滴滴

好的城市

不会盲目攀比

一切以人为中心

让人更舒适　让人更惬意

——写于2018年6月出访德国期间,在柏林漫步有感。

走进思索之苑

之一　走进思索之苑

第一次走进思索之苑
就不断停下脚步
仔仔细细反复端详
第一次与您相识
就像多年不见的老朋友一样
敞开心扉　毫无隐藏

自称是"一介农夫"
几十年前就在这里择地开荒
艰难困苦的环境里
几乎无人跟随　无人帮忙

认准了
就不再动摇　不再彷徨
坚信　从一点一滴做起
同样可以砌起伟大理想

从此

每天就长在了土地上

每一滴汗水都湿润了土壤

每一滴鲜血都让草木沁着芬芳

每一天的奋斗都写在了历史上

因为不变的信念

才不屈不挠，格外顽强

因为不变的执着

让黑暗退去

终于见到黎明的曙光

一个盆景

展示着生命的华章

一处处景观

折射出真理的光芒

之二　感受苑长成范永先生

您是一位哲学家

您说只要用心观察

每株树每棵草都不一样

虽然同是生命

但每一个都不同凡响

您是一位外交家

用自己独特的方式

把自己祖国的故事传诵

让很多不熟悉韩国的朋友

感受到韩国　感受到人类的力量

您是一位智者

让人们闭上眼睛静静思想

在这里谛听大自然的天籁之音

仿佛是人间最动听的音乐交响

您是一位诗人

曾经写下无数华美篇章

而最美的不是写在纸上的文字

您把"最美"写在了辽阔的大地上

您是一位教育家

您说　每一根树枝

只有精心修剪　才会茁壮成长

就像对待每一个孩子

只有耐心培育

才会成长得健健康康

之三　阅读每位游园者感言

只为看一眼盆栽

多少人来自四面八方

因为你丰富的内涵

让每一个人留恋徜徉

而每个人从这里离开

又汲取了怎样的磅礴力量

有位年轻人

不畏寒风刺骨前来观赏

三个多小时在雨雪中伫立

走时留下密密麻麻的感想

人生无论遇到怎样的旅途

经过这里就永远不会迷茫

有位美国学生
曾经对此前平凡的人生太沮丧
来到这里　发出感叹
"这是一个特别的地方
我也要去创建一个葡萄园"
在这里找到了未来人生的方向

一位德国教授说
来济州前想不出会看到什么景象
看过之后　感慨　难忘
精美庭园映衬着苑长品格的高尚
德国设计的原则——精雕细琢
在这里得到充分印证　充分弘扬

一位记者写道游园的感想
人在这里感到谦卑敬畏
因为所有盆景都像宝石一般闪光
一株树木诞生为一个美丽的盆景
要经历无数次磨难　无数次创伤
人生也是如此
经历风霜雨雪　才会铸就辉煌

一位大学理事长

二十五年来多次来过济州

却从不知有这样一个地方

看过之后　无限思量

归结出六点智慧——

逆向思维的智慧

变绊脚石为垫脚石的智慧

顽强的开拓精神

生命的奥秘

谦虚的品格

将产品和故事捆绑销售的营销技巧

用好每一句　都可能将人生的未来点亮

之四　成为推动中韩友好的力量

同样是一位范先生（范敬宜）

您说一生都不会忘

正是他来这里之后写下"新病梅馆记"

让您的故事在中国传扬

您由此多次往返中韩之间

成为友谊使者　友好桥梁

小小庭园

接待过两位中国国家主席

这是您一生至高无上的荣光

您说　盆景是美丽的

需要培育的过程太漫长

您说　盆景会增强与邻里的沟通

可以成为世界和平的重要力量

他们都点头称赞　并亲手种下松树

预示着中韩友好万年长

作家莫言曾经来访

留下"奇观"两个字和观园感想

听树木私语　与自然交流

每一句都温暖着您的心房

有位重要客人

风雨交加的日子依然如期来访

在大雨中参观一小时　情绪高昂

他说　衣服湿了可以晒干

如果错过了这里

受教育的机会可能无法再补上

最让人感动的是王泰平会长

虽相识不长　却如老友一样

亲自安排　为您和夫人制作铜像

这是对您人生的至高褒奖

虽然庭园狭小

却有着撼动人心的巨大力量

虽然人生短暂

却能激励无数的人向前向上

唯有思想

可以跨越国土的界疆

唯有友好

可以引领人类的向往

一木一乾坤

一影一阳光

自然之大美

人生之珍藏

——写于2018年10月出访韩国期间，访问济州思索之苑。这里原来是一片荒芜之地,经过苑长成范永老先生几十年的不懈努力,现在已经成为韩国唯一的盆栽专门公园,也是世界最大的盆栽公园,他的事迹被当时《人民日报》的总编辑范敬宜先生介绍到中国。

静水流深

静,是生命的完满
水,是生命的本源
流,是生命的体现
深,是生命的蕴含

早上在西子湖畔散步
几处有水的地方闪现
被景色深深地感动了
拍了几张醉美的照片

水上的景色已经很美
实际却是水下的再现
一切看起来浑然一体
放在一起更完美无憾

一下想到了静水流深
这一种境界如此高远
心中装下了整个世界

任凭那风雨再无波澜

是一种格局经过锤炼
仿佛经历了百年千年
静静地感受心与自然
不再去张扬不再表现

不论四季如何地转换
这里仿佛忘记了时间
谁说世界没有了永恒
那就请他到这里看看

——写于2021年6月,漫步杭州西子湖畔有感。

不辜负这一片蔚蓝

长两千九百公里海岸
接连片片软软的沙滩
坐拥无数美丽的岛屿
俯视无数美丽的海湾

有唯一一段的水上长城
见证了"一片石"大战
有东临碣石的壮志豪情
一首诗流传了百年千年
有天下奇观天桥笔架山
因潮汐连接着天上人间
有丹顶鹤飞舞的红海滩
红遍了梦境红遍了思念

有世界唯一全是蝮蛇的岛屿
这里,是蛇的天地蛇的乐园
老铁山是黄海渤海的分界线
一边是微微泛黄一边是深蓝

海滩上那奇绝的礁石形态
形成的独特地貌气象万千
海浪轻轻亲吻着海边沙滩
形成一片舒缓的黄金海岸

大鹿岛位于中国海疆最东端
历史上曾经发生过甲午海战
今天岛上青山碧透海水湛蓝
日夜不息的涛声将英雄祭奠

鸭绿江畔的虎山长城啊
是万里长城的东端起点
江水浩荡一路逶迤蜿蜒
与烟波浩渺的黄海相连

无数神奇的自然景观
演绎多少沧桑和巨变
无数各领风骚的豪杰
推动着历史滚滚向前

多少游子无论走得多久

梦里总对你魂萦梦牵

多少游子无论走得多远

总会历尽艰险回到你的身边

今天，我静静地伫立在海岸

任轻轻的海风吹拂着脸

不禁心胸荡漾浮想联翩

我们何时才不辜负这片蔚蓝

——写于2022年2月，在大连海滨遐想。

山·海之恋

湾套湾
湾靠弯儿
湾湾相连

山衔山
山绕着山
山山相伴

一片海
一片蔚蓝
与白云亲吻
连接着蓝天

一片山
森林无边
伫立在海边
与大海相恋

因为海

才显山的伟岸

因为山

才显海的浪漫

无论走了多远

常常想起这片蔚蓝

无论走了多久

常常会想起这片山

——写于2022年2月，为大连小遥湾画像。

神奇红海滩

这一片泛着白碱的土地
曾被认为植物生长的禁区
却长出这片红伸展到天际
这是大地的神奇
这是大海的神奇
这是大自然的神奇

看遍世界多少种颜色
走遍祖国多少块土地
只有这里让我流连忘返
只有这片红令我沉醉痴迷

这种矮矮的碱蓬草
长着密密麻麻的根须
牢牢地抓住脚下的泥土
任凭海水一浪一浪地侵袭

红得晶莹剔透
红得无边无际

红得仿佛在燃烧
红出生命的奇迹

红遍了天
红遍了地
红遍了梦境
红遍了千万次的想起

几只丹顶鹤
飞落在一抹红里
白的纯洁，红的艳丽
即便是天下最美的画
也赶不上这一刻
带来的视觉冲击

此时此刻
我愿意化为一枝碱蓬草
热情地、热烈地邀请你
用世界最大最美的红地毯
为你举办一场盛大的婚礼

——写于2023年6月。

一片海，一片蔚蓝

这是一片海
一片辽阔的蔚蓝
蓝是来自深深的海底
还是来自苍茫的天边

这里航行着一艘船
是已经出发
向着未知的遥远
还是在返回港湾
急切地盼望与家人的团圆

这里有一座小岛
是因为形似棒槌
还有伟人的题名
成为闻名中外的风景线

近在咫尺的小岛
周围悬崖峭壁

岛上树木葱茏
古往今来有几人登临其间

只是这一座岛
诉说着千万年地质的变迁
见证了历史的沧海桑田
多少往事如烟
都消失在了这一片蔚蓝

——写于2023年7月。

遇见——温泉小镇

温泉
在地下已存在上亿年
静静地、缓缓地流淌
直到遇见你
才遇到了风,才遇到了雨
遇到了四季,遇到了阳光

一块块石头
在山野间沉睡了多少年
天地再辽阔
却总是一片冷清和凄凉
直到遇见你
才有了线条,才有了影像
有了与你最温柔的对视
有了轻轻叩动你的心房

这一片苞米地
已经历了几百年的过往

虽然每年都有春华秋实

总有一份被改变的渴望

直到遇见你

才有了画一般的美丽

才有了诗一般的飞扬

——写于2023年8月。

浑 河 源

横亘在这里的山脉——龙岗
山不高，却挡住了太平洋
让夏季风和冷空气碰撞
让这里成为六水之源
从此，生命之水浩浩荡荡

浑河、清河、柴河
柳河、太子河、富尔江
它们悄无声息地
塑造了辽宁大地的水系
塑造了松花江、鸭绿江
汇集起水资源的磅礴力量
让土地不再有缺水的恐慌

浑河，一路缓缓流淌
形成了一处处滨水长廊
有多少小桥流水鸟语花香
让两岸有了多少旖旎风光

浑河，一路缓缓流淌
千百年积土成田润泽万物
成为推进文明的万道霞光

它在广袤的大地
画出一条条优美的曲线
最后默默注入无边的海洋

它源自海洋
又重归海洋
却滋润出一片山清水秀
让世世代代的百姓敬仰

——写于2023年10月。

今天的花格外红

——工作印记

辽宁——天辽地宁

啊
辽宁,一部浩瀚的史书
我怎能用这一首诗来说清
你的天,你的地,你的人
你的山,你的海,你的景

这里
历史长河蜿蜒绵绵流动
这里
金牛山猿人与周口店齐名
这里
沈阳新乐和朝阳红山文化
孕育出了中华早期的文明

这里
世界上第一只花开始绽放
世界上第一只鸟飞起啼鸣
这里

中国最后一个朝代发祥地
青石古道上投下它的背影

从绥中水上长城到丹东的虎山长城
两千多公里的海岸形成绝美的风景
黄海渤海的分界线在这里界线分明
夏日的黄金海岸欢歌笑语人头攒动

这里
是十四年抗日战争的起点
新中国的国歌在这里完成
这里
打响解放战争的辽沈战役
伟大抗美援朝从这里出征
这里
共和国的工业把基础奠定
代代传承的雷锋精神诞生

流淌的鸭绿江是中朝界江
相距最窄处一步就可过境
千山、五女山、医巫闾山

有历史的深邃有美的不同

这里是几百种鸟的家园
来往的候鸟都要停一停
一片红海滩上飞起丹顶鹤
让一瞬间凝聚成美的永恒

这里历史上曾有无数第一无数辉煌
一切仿佛凝固在历史的烟尘记忆中
只是不甘心落后不甘心沉沦的精神
正在默默奋起孕育新一轮涅槃重生

——写于2023年12月。

心，在这里安放

心

在这里安放

传奇三块石，溪水潺潺，木兰飘香

长白余脉——岗山，连绵着起伏跳跃的山岗

滚马岭起源的母亲河

映着晚霞披着朝阳

万顷北湖[①]，写不尽四季秀美风光

心

在这里安放

工业文明，从这里升起第一缕曙光

钢花四溅，成就了多少大国重器飞在天上

贡献自己，燃尽了最后生命的巨大煤矿

石化产品，从这里输向祖国四面八方

心

---

① 北湖：当时，抚顺市委市政府在大伙房水库划定部分区域为北湖新区，计划保护与开发并重，推动该区域实现可持续发展。

在这里安放

满族的祖先,在这里开拓界江

浓郁的独特风情,牵动着游人的心房

醉卧在八碟八碗的餐桌旁

欣赏着旗袍,展演着古典与时尚

心

在这里安放

依托启运山,清朝从这里发祥

水再深,也淹没不了金戈铁马征战的古战场

一处处残垣断壁,让人无限遐想

需要经过多少努力,才能铸就新的辉煌

心

在这里安放

这里是雷锋精神的故乡

雷锋精神从此向全国向世界弘扬

雷锋纪念馆、雷锋团已经成为红色的经典

雷锋精神从未间断,正代代传唱

我多想多想

和你们撸起袖子大干一场

看到

沈白高铁[①]连起祖国无数个远方

沈吉外迁腾出的空间支撑起无数梦想

规划中的地铁[②]连接沈阳的大街小巷

融入、同城，发展的脚步不会再踉踉跄跄

我多想多想

和你们同心同力大干一场

看到

五大产业[③]聚焦中国聚焦世界的目光

一个个百亿元板块填补原有的荒凉

多少产业集群形成完整的产业体系

示范市、全域旅游、"2024"[④]

[①] 沈白高铁：全长428公里，正在开工建设，预计2025年底通车，开通后，让抚顺彻底告别没有高铁（目前全省唯一没通高铁的城市）的历史。

[②] 地铁：沈阳到抚顺60公里，直线距离40公里，是辽宁中部城市群中距离沈阳最近的城市，如果通过地铁相连，就真正实现了"沈抚同城"。

[③] 五大产业：当时抚顺市委市政府的产业发展规划：大生态、大石化、大材料、大能源、大旅游产业。

[④] "2024"：当时抚顺确定要争办"2024年全国冬季运动会"。

挺起城市笔直的脊梁

我多想多想
和你们克服千难万险大干一场
看到
采煤沉陷区由一个个主题小镇连片接壤
弯弯曲曲的绿色廊道长满榆松柳杨
让这里的百姓不再受灾害的煎熬
让他们的生活和生命得到充分保障

我多想多想
和你们哈下腰来大干一场
看到
北湖新区奏起创新的交响
环湖的道路山里山外一路通畅
沉睡多年的铁背山不再冷清寂寞
萨尔浒的威名重震四方

我多想多想
和你们夜以继日大干一场
看到

暖房子温暖着无数百姓的心房
人们走出家门就进入绿茵茵的广场
博物馆、规划馆成为城市未来的地标
新落成的图书馆每天书声朗朗

抚顺

有太多的美丽

远远超出我的想象

抚顺

有太多的传承

经过修复正一代一代不断弘扬

抚顺

有太多的优势

一旦迸发就势不可挡

抚顺

有太多的梦想

成就了过去

也必将成就今天的希望

抚顺

有太多的精神

正在汇集

成为城市重新崛起的磅礴力量

轻轻地
我走着
走过每一条河流、每一道山岗
走过每一条街区、每一个广场
走过每一位同志的身旁

悄悄地
我走了
从此，把一份沉甸甸的牵挂和祝福永远记在心上

抚顺，再见！再见，抚顺！

——写于2017年3月，离开工作三年的抚顺回到省直部门工作，临别之际有感。

谁会想到

有太多感慨
有太多凄凉
有太多无奈
有太多悲伤

谁会想到
走时还是喜气洋洋
哪知道
一走就是永别
从此天地各一方

谁会想到
走时还是新婚宴尔
一分开就盼着重逢的时光
哪知道
走得毅然决然
再也回不到彼此的身旁

谁会想到

小儿还小

天天到路口把出门儿的爸爸盼望

哪知道

这一走就不再回来

再也不能看到小儿的成长

谁会想到

这家的三姐妹是老人的无上荣光

几乎每周相聚在老人身旁

哪知道

这次像蝴蝶一样飞走

途中彻底折断了翅膀

谁会想到

本来是孝顺老爸老妈

让他们开开心心玩一趟

哪知道

这一次却把爸妈送进了天堂

唯有自己幸存

留下无尽悔恨　无尽哀伤

想想　人生太无常

看眼前　不禁泪千行

想想　生命还有多少时光

唯有彼此珍惜彼此欣赏

唯有彼此温暖把彼此放在心上

让人生点亮

把短暂的美好无限延长

——写于2018年4月，32位在异国遇难的同胞遗体被运到沈阳，参与处置工作，无限感伤。

有感"伟大的吻"

今天
天辽地宁
眼前依稀看到战火纷飞
耳畔仿佛听到炮声隆隆

多少人
为保卫家园奉献生命
多少人
为赢得胜利默默无名

因为年轻
勇于战斗　敢于牺牲
因为年轻
经历得太少太少
生命走得太匆匆

但　生命没有遗憾
伟大的战士

遇到伟大的女兵

轻轻的一吻

让战士含笑闭上眼睛

这一吻

无比震撼心灵

这一吻

令人肃然起敬

这一吻

格外纯洁神圣

这一吻

天地为之动容

已无所畏惧

才勇敢勇猛

已无怨无悔

才不辱使命

夜已深　心难平

年轻的战士　年轻的女兵

伟大的吻

让他们的生命永生永恒

——写于2019年2月,看照片《死吻》有感。

迎接伟大英灵

今天的风格外轻
今天的天格外明
今天的城格外静
今天的花格外红

117 位英灵
在异国他乡长眠不醒
你们应会想到
终有一天
祖国会去迎接你们
如此庄严如此隆重

空军专机载着你们
穿过蓝天白云穿过领空
两架战斗机全程护送
缓缓降落在祖国的大地上
离别了多少年
这一刻与祖国紧紧相拥

滑行的飞机

经过一道道水柱

那是祖国用纯净的水

为你们一一擦洗干净

一面面五星红旗

覆盖在你们的棺椁上

那是祖国用最神圣的方式

慰藉你们不屈的生命

一尊尊棺椁

是一条条

曾经鲜活的生命

很多人的名字

还无法一一查清

不知道性别

不知道年龄

只知道

在祖国需要的时候

你们义无反顾出征

只知道

在战斗最激烈的地方

总有你们冲锋的身影

只知道

你们克服了天寒地冻

战斗到生命最后一刻

你们的每一天都在"上甘岭"

你们的鲜血没有白流

祖国因你们变得强盛

你们没有无谓地牺牲

祖国因你们

实现着伟大的复兴

从此

有伟大祖国守着你们

不用担心被寒冷冻醒

从此

有亿万人民守着你们

不用担心再孤苦伶仃

你们将永远

被写在历史的丰碑上

你们将永远

被铭记在人们的心中

——写于2020年9月,第一次参加在韩中国人民志愿军烈士遗骸回国迎接仪式。

历史，不会忘掉

又游鸭绿江
又见铁断桥
又见波浪翻
又见红旗飘

七十年弹指一挥间
沧桑巨变江山如此多娇
七十年不能忘记
鲜血成就伟大中国面貌

当战斗打响那一刻
帝国主义横行霸道
一直打到我们家门口
丝毫不屑我们的警告

新中国虽刚刚建立
但更把尊严看得格外重要
不能坐视野蛮霸道

伟人发出一声号令

开启永垂历史的抗美援朝

纵使对手有飞机大炮

纵使炸断宏伟的大桥

过去了多少年

断桥依然屹立不倒

诉说着

一个民族的不屈不挠

有无数次战争

但这一次尤为重要

打出了中国的顶天立地

打出了一个民族的自豪

尽管今天

还有人对中国指手画脚

还有人对中国围追阻挠

但我相信

有些人空有强悍的外表

有些人像纸老虎般嚎叫

有时正义可能晚来
但绝对不会迟到
历史会有些曲折
但总会回归正道

尽管过去了七十年
但那一场战争啊
我们谁都不会忘掉
那是中华崛起的起点
那是民族强盛的信号

——写于2020年10月,纪念抗美援朝七十周年。

献给你的百年

这是一个盛大的日子
这是一个难忘的瞬间
这是一个庄严的时刻
这是一个永恒的画面

你向世界宣告
你实现了第一个百年目标
解决了几代人对小康的期盼
你正意气风发
迈进第二个伟大的百年

曾经受尽欺凌的民族
曾经国家蒙辱人民蒙难
多少仁人志士
在黑暗中苦苦探索
寻找着思想寻求着改变
多少先驱烈士
用生命和鲜血践行着诺言

在伟大的觉醒中
终于迎来你的出现
是你以英勇的斗争
是你以顽强的奋战
向世界发出宣言
中国人民站起来了
中华民族受欺凌的时代
一去不复返

你自力更生
实现了快速发展
你发愤图强
战胜了来自霸权的挑战
改革开放
融入世界的大海波澜
自信自强
推动伟大复兴不可逆转

走得再远
初心都不曾改变
走得再长

使命仍历久弥坚

江山就是人民

人民就是江山

已成为你一生一世的坐标

已成为你不断践行的誓言

成就已成为过往

今天是一个崭新的起点

千年伟业征途漫漫

因为你凝聚起

中华儿女的磅礴力量

找到最大公约数

画出最美同心圆

今天是你的生日

世界都在为你祝愿

今天的天格外蓝

今天的太阳因你而灿烂

——写于2021年7月1日"党的百年庆典"之际。

多想把你们唤醒

一个伟大的时代

才会这样迎接伟大的英灵

在外漂泊多少年

才实现彼此魂魄牵萦的梦

每年的这一天

都是特别隆重

每年的这一刻

都是万里晴空

我们已经接回

特级战斗英雄黄继光

他用胸膛堵住敌枪扫射不停

我们已经接回

特级战斗英雄杨根思

他抱着炸药包奔向敌群冲锋

我们已经接回

一级战斗英雄邱少云

他烈火烧身为隐蔽一动不动

我们已经接回
716 位烈士的遗骸
他们曾经都是鲜活的生命
我们今天接回
109 位烈士的遗骸
他们都是顶天立地的英雄

很多人没留下名字
他们共同的名字就叫英雄
很多人找不到亲人
14 亿人与英雄血脉相融

有时
真不希望再有遗骸
每见一具都是撕心般疼痛
有时
真希望一次都能回来
让强大祖国温暖不屈魂灵

多想把你们唤醒

告诉你们——

我们今天生活在幸福之中

多想把你们唤醒

告诉你们——

我们已经开始迈入新征程

正因为有你们伟大的牺牲

中华民族才有今天的觉醒

今天的我们要用不懈奋斗

去告慰共和国不朽的英灵

——写于2021年9月在韩中国人民志愿军烈士遗骸回国迎接仪式现场。

为了不会忘却的纪念

九十年岁月弹指一挥间
似落花流水往事如烟
这一段沉重的历史
却永远铭记在每个人心田

这是一段充满屈辱的历史
这是中华民族反抗的起点
这是一段充满血泪的历史
这是中华崛起的伟大转折点

九十年前的一个深深夜晚
日军蓄意发起九一八事变
那长达十四年的战争
让整个国家陷入深重苦难

不屈的中华儿女开始觉醒
《义勇军进行曲》是抗争宣言
哪怕冰天雪地依然要战斗
哪怕弹尽粮绝仍一往无前

多少战士倒在冲锋的路上
多少战士经受生死的考验
你们那可歌可泣的英灵啊
至今回荡在白山黑水之间

这座城市最醒目的地标
就是"九·一八"历史博物馆
每年这一天钟声都会响起
每年这一刻警笛响彻云天

身处这百年大变局的今天
驻足在这里不禁浮想联翩
要想不让过往的历史重演
必须自我强大才不容侵犯

九月里的这一天天高云淡
我望见天堂里英雄的笑脸
他知道用生命守护的家园
已经变成幸福美好的人间

——写于2021年9月18日,参加沈阳"勿忘九一八"撞钟鸣警仪式。

面对压力

从小就非常腼腆
不善言语
却偏偏让你站在台上
还要讲外文　做翻译

从小就怕见陌生人
一见就想钻进地缝里
却偏偏让你担任联络处长
负责联系国内和国际

从小就怕对着镜头
眉头紧锁　没有笑意
却偏偏让你当新闻发言人
代表推广旅游的魅力

从小就怕事
而面对急事难事
更是手忙脚乱心里没底

却偏偏有件件大事接踵而来

每一件都可以压垮你

但倔强的你　执着的你

从小到大

为此从来没流过眼泪一滴

坚信只要坚持只要不放弃

人生就会创造一个个奇迹

一切的挑战

已经成为最美好的记忆

一切的考验

随着岁月已沉淀在心里

此刻

去往北京的路上

还有一件大事在等着你

做好准备重拳出击

——写于2021年11月。

读"辽宁故事"有感

读一篇辽宁故事
忆往昔风起云涌
读一篇故事辽宁
展未来最美愿景

有的看似平凡
却一次次湿润了眼睛
有的看似普通
却一遍遍感动了心灵

无须口号响亮
唯有用心用力用情
无须舞台华丽
只求演绎本色真诚

每个故事都是崭新的出发
每个故事都有难忘的过程
每个故事都是时代的强音

每个故事都是历史的传承

这是春天的故事
是百花对大地回馈的万紫千红
这是大海的故事
是浪花对蓝天起舞的万种风情

我们每天都在振兴辽宁
我们每天都在谱写辽宁
我们把故事写在大地上
我们把故事写在了天空

于是,每一天不再平凡
于是,每一天不再普通
每个人都在担负着责任
每个人都在践行着使命

相信吧
我们无限挚爱的土地
会更加美丽,会更加生动
相信吧

我们世代守护的家园
总有一天如展翅飞翔的雄鹰

——写于2022年5月,"讲好辽宁故事"成为省政协一张亮丽名片。

书是读不尽的

书是一扇门
从没有上锁
谁都可以轻轻打开
看到炫丽四射的耀眼

书是一扇窗
随时可以眺望
望到一片绿望到一座山
望到那无边无际的蔚蓝

书是一座矿
如果你不认真寻找
看到的可能就是一座荒山
如果你能静下心来
会发现有无尽宝藏蕴含

书是一片海
学会读书

就如同学会了游泳

从此可以享受海的平静舒缓

更可以享受海的起伏波澜

当你不懂的时候

就坐下来读读书

你仿佛豁然开朗

觉得一切都不难

当你纠结时

翻开一本书

与一位位先哲进行对话

会让你走出困境的泥潭

当你年轻时

把书作为你的伙伴

会发现

你所寻找的一切

书里面好像都有答案

当你年老时

已读过书千卷

已翻过万座山

看一切风轻云淡

书,是读不尽的

书,让人每一天都在变

书,是读不尽的

书,让人生不再平凡

——写于2022年7月,省政协委员读书活动拉开序幕。

一句话一树花开

这是读书的平台
神游至古今中外
携手扬帆于书海
领略别样的风采

这是交流的平台
大家都直抒胸怀
不同才会有碰撞
激发生命的精彩

这是展示的平台
无论是界内界外
日积月累的收获
终究会流光溢彩

这是开放的平台
可以谈国内国外
可以谈青山绿水

可以谈春暖花开

这是建言的平台
要把小切口切开
聚焦国计与民生
关乎粮食和蔬菜

这是振兴的平台
要解决路径依赖
弯道超车的实现
更需要激情澎湃

这是成长的平台
每次都认真对待
发言或用心聆听
有惊喜纷至沓来

这是启迪的平台
一句话一树花开
一幅画云在天外
一首歌响彻未来

这是互动的平台

这是分享的平台

这是激励的平台

这是奋进的平台

这是你我的平台

——写于2022年9月,省政协专委会承办"读书月"。

在独处的时光里

——人生启示

从此行走在青山绿水间

仿佛过了百年千年
还不愿、不敢、不能相信
你的悄悄离去
真的会成为一个"永远"

你真是"悄悄地"走了
没有留下片语只言
没有亲朋好友守护在你的身边
你的悄悄离去
却让我们沉重无言

虽然我们不常见面
但报上、杂志上总有你的消息不断
你的思考、你的才气、你的执着
让我们骄傲
让我们赞叹

谁说评价一个生命

可以不在乎生命的长短
我们愿意用所谓的"质量"
去换回你年轻的笑脸

太阳还是那样灿烂
白云依旧那般悠闲
可我们心中的伤痛啊
让一切失去了色彩斑斓

我们都是旅游人
我们知道
你这次的远行已经无法阻拦
我们祈祷你一路走好
永远行走在青山绿水间

——写于2007年,得知同是中国社会科学院旅游研究中心博士生的同学巫宁不幸去世,年仅30岁。她是我们同学中最有才华和最优秀的,是中国旅游信息化与电子商务领域的开拓者之一。

成　功

什么是成功
每个人理解各不相同
有的人认为
成功就是获得赞美
成功就是被人追捧

有的人认为
成功理所当然
于是开始坐享其成
有的人认为
成功离自己很遥远
从不追求从不主动

也有很多人
从未有过成功
因为一点点挫折
就把雄心壮志
丢得干干净净

也有很多人

把成功想得过于艰难

常常被黎明前的黑暗

遮住了眺望远方的眼睛

其实

成功并不容易

需要奋斗需要拼搏

甚至流血　甚至牺牲

其实

成功在于过程

不言放弃　紧紧追索

坚持不懈　苦苦支撑

多少年　多少次

一个个积累　更加厚重

一次次飞跃　更加坚定

没有一次成功

是坦坦荡荡的旅程

经历风雨　涅槃重生

让智勇双全的你

风生水起　铸就永恒

每一次成功

于你都是浩荡春风

今天中午

天格外蓝，风特别清

人静静走，路渐渐明

——写于2018年10月一次重要出访归来之际。

面对,是最好的修行

曾经那么艰难的过去
都没有将你打垮
你从未妥协说不行
如今还怕什么
来日的山高水长
来日的风雨兼程

一切的现在
都会成为背影
一切的烦恼
终将会随风无影无踪

人要有敏感的灵魂
又要有粗糙的神经
人要有滚烫的血液
又要有澄净的眼睛
人要有深沉的想法
又要有世俗的随性

人要有仰望星空的诗意
也要有脚踏实地的坚定

经历了长夜
守到了黎明
带着强大的内心上路
从黑暗中穿行
无论何时何地
脸上始终洋溢着笑容
一路上看山看水
都收藏在记忆中
一切都是流水的烦恼
生命　从始至终
铁打的是自己
是你自己的韧性

——写于2019年1月。

阶 梯

眼前的阶梯
是通向
那熙熙攘攘
人来人往的路上
还是通向
那幽静竹林
映照着朦胧晨光
或是通向
那杂草丛生
一片疮痍和荒凉

回望来时的阶梯
两侧
草色青青兮欲雨
花蕾娇娇兮待放
远处
城市迷离兮辉煌
夜晚绚烂兮星光

日子
过得是波澜不惊
任时光静静流淌

其实
阶梯无论通向何处
都是通向前进方向
其实
正因为充满了未知
才让人怀有了向往
其实
已经经历太多风雨
心灵足够坚定坚强

走吧
海风在耳边呼呼作响
雨滴开始打落在头上
相信
走过了这一段的阶梯
一定会见到雨后霞光

——写于2019年7月。

学会独处

之一

独处
是一个人的蜕变
几十年过去
同样的起点
却有了不同的距离
问其原因
在于是否学会了独处
独处决定一个人
平庸还是靓丽
古来多少千古文章
都产生在独处的时光里
外面是喧嚣的世界
内心却格外地静谧
在独处中思考哲学
在独处中思考真理
走过的人生
要留下一个个清晰的痕迹

之二

独处

是为更好的自己

不是不喜欢交朋友

只是慢慢等待与你相遇

伯牙子期相遇

注定是高山流水的知己

在独处的时光里

积淀厚重　锤炼身体

展望未来　回顾过去

有些相遇注定平淡无奇

有些相遇却会创造奇迹

在独处中不断升华自己

只为在人生某一天

遇见不一样的你

之三

独处

是一个人的修行

一个内心强大的人

在独处的时光里

才可以休生养息

独处是自我的重新整合

对话的对象是自己

是自己的灵魂

与天地精神的交集

不去抱怨世间崎岖

不去絮叨坎坷经历

只要内心足够强大

就永远不会迷失自己

无论何时都能所向披靡

学会独处

是上天给我们的最大奖励

从此人生可以不用

活在别人的世界里

独处是一个安静的家园

无论外面电闪雷鸣

都可以不受丝毫侵袭

——写于2020年8月。

您,把我们点亮

那时
还不知什么是旅游
以为只是吃喝玩乐
不知它的沉甸分量

那时
还不知什么是学术
以为只是读个学位
只需发表几篇文章

那时
还不知分国内国外
不知可以借鉴经验
一切不用闭门苦想

三年
弹指一挥间的时光
我们一起交流研讨

从开始的懵懵懂懂

到现在的豁然开朗

三年

无数次的思想碰撞

开始触摸旅游模样

可以影响人口就业

可以提升生活质量

三年

知道了责任的重量

可以牵动产业发展

可以促进文明交往

甚至影响国家形象

您

每次只用寥寥数语

就把复杂讲得透亮

您

发表的每一篇文章

都为迷茫指明方向

您

登台的一次次演讲

有振奋人心的力量

是您

把我们学术路点亮

是您

把我们的人生点亮

是您

让我们世界更宽广

——写于2021年9月10日教师节，献给我的博士生导师张广瑞。

一生啊，有多短有多长

人生
常常在想
常常以为一生会很长
曾经任时间随意流淌
以为流逝的还会回来
不去珍惜不懂得珍藏

其实
人生再长
也长不过那万里长江
即使流过了百年千年
穿越了多少曲曲折折
跳过了多少沟沟坎坎
仍奔流不息浩浩荡荡

其实
人生再长
长不过一朵花的生命

虽然秋天是一片落叶
虽然冬天是一片枯黄
但是只要到了那春天
就会又一次迎风绽放

其实
人生很短
如果按照年份来计算
人生也就不过几十年
人生百年仅仅是梦想
如果按照四季来计算
就是春夏秋冬的景象

静静地
仔细想想
无论多长的岁月时光
回首时就是一瞬一晃
常常懂得珍惜的时候
已经看见远处的荒凉
已经看见不远的远方

但是

我们相信

只要有彼此相互陪伴

再短的时间都可拉长

彼此共度的每段时光

留下的记忆回味悠长

彼此携手走向的远方

会变得向更远处延长

——写于2021年10月。

随　想

落日的余晖
美丽的霞光
依依的眷念
离别的回望

恢宏的城墙
曾经的辉煌
流逝的时光
岁月的沧桑

人生的舞台
有多么宽广
每一段经历
都铸就成长

人与人相遇
心灵的碰撞
落日与城墙

奏天地交响

——写于2021年10月。

一切都是最好的安排

遗憾时常有
孤独是经常
生来就是品尝苦辣酸甜
生来便是看尽变化无常

当你已悟到了无常
你就不会炫耀张扬
今日虽然风光无限
明日可能遍体鳞伤

当你习惯了无常
你就不会有悲伤
今日虽然满天乌云
明日可能万道霞光

你顿悟了无常
得，有什么喜
失，有什么伤

得失不过昙花一现
一切都会成为序章

当你已接受了无常
就会坦然接受动荡
一切是最好的安排
一切都觉得太正常

静听花开花落的声音
眺望汹涌澎湃的海浪
感受激情之后的平静
感受心灵的从容安详

——写于2021年12月。

发黄的小书

这些小书
在书架的角落里
不知放了多长时间
已经有些发黄

想起来
还是很多年前
去日本时
在一个不大的古旧书店
不经意间与它们遇上

还依稀记得
买下它们时我的欢喜
还依稀记得
它们就像我的宝贝一样

只是买回来之后
匆匆翻看过一遍

就把它们束之高阁

从此就没放在心上

这些年好像一路顺畅

可时常也是跌跌撞撞

在人前好像无限风光

内心深处总有些荒凉

夜深人静时

常常反思常常回想

好像丢失了什么东西

让我的人生偏离了方向

这几天收拾书架

发现了这几本小书

仿佛见到了老朋友一样

尽管书页已经有些发黄

还是我心中原有的模样

一本本细细翻看

好像翻起心中的理想

那久违了的冲动
化作此时无限的渴望

终于明白
这些年究竟失去了什么
终于明白
没有与灵魂的深入交流
人,就像行尸走肉一样

从此把你们摆在眼前
每天向你们深情凝望
每天与你们促膝谈心
每天与你们交流思想

不会让你们继续发黄
我要每天都读读你们
一篇篇一页页一行行
让读过的不会再沉睡
让读过的成为一支歌
在广袤的天地间飞扬
在纷繁的人世间传唱

——写于2021年12月。每次去日本时,总买些喜欢的日本诗人的诗集(口袋书),总想找时间认真翻译一下,结果忙于工作,一放就是十几年,书页有些发黄,故称"发黄的小书"。

跑起来,不停

从落叶缤纷的秋
到迎着寒冬刺骨的风
终于跑起来
跑步,就一刻未停

跑步,是需要自律的行动
每天清晨天还未明
多少人还在睡梦之中
你却要被闹钟一次次叫醒
午后别人享受着下午茶
你却要顶着刺眼的阳光前行
夜色里一对对情侣说爱谈情
你却要跑着跑着,数着星星

跑步,是孤独的旅程
没有人陪伴着你
没有人说话给你听
只有不断跑过的田野

成为一片片记忆中的风景

只有耳边掠过的风

仿佛是乐曲只放给你一个人听

跑步,是与自己灵魂的对话

你一个人说话给自己听

得意时要谨言慎行

困苦时要坚持坚定

再远的路都会到达

再暗的夜都有黎明

跑步,是一个信仰的过程

有时半路实在跑不动

就告诉自己

这是你自己最能做主的行动

有时实在坚持不下去

就告诉自己

跑步可以改变你的人生

终于跑起来了

汗水淋漓,让你的身体越来越轻

终于跑起来了

忘记一切,让你的心飞在天空

终于跑起来了

你成为你,你成了自己的英雄

我常常想

当有一天不能再跑动

身体也不再有什么意义

就让灵魂在广阔的天地飞行

——写于2021年12月。

每一次都是新的出发

总有变化
其实没有什么可怕
不过是一个领域到另一个领域
不过是换了个方向一样出发

涉过了太多的河流
有的深不见底有的水流湍急
每一次都奋力搏击
现在你可以在大海掀起无数浪花

攀过了太多的山峰
有的险峻有的高耸入云霞
你从不半途而废
现在你站在这里
仿佛一切都在你的脚下

如果长久待着不动
人就会有惰性不愿再闯荡天涯

久而久之就成了井底之蛙
自以为是不会与世界对话

路走多了
就熟悉了走路的方式
即便在漆黑的夜晚
你一样可以准确无误地到达

这是一个新的开始
这是一次新的出发
不用去想哪里是终点
相信行走的路上
一定会有掌声和鲜花

——写于2021年12月。

强大是人生最美的诗篇

没有人生下来就会强大
强大需要在苦难中锤炼
一切的诋毁一切的挫败
一切的曲折一切的冷暖
都是你开始强大的起点

有时你需要承受的负重太多
有时你会面临最亲的人背叛
有时生活会打得你措手不及
有时成功会迷失了你的双眼

你不必困惑有些人落井下石
你不必惊慌脱离轨道的骤变
你不必害怕生活的惊涛骇浪
你不必强求每天都春风拂面

只要你有足够强大的内心
你就能从容行走在人世间

静看风起云涌看花开花落
平时宠辱不惊看风云变幻

只要你有足够强大的内心
你可以扭转乾坤力挽狂澜
多大的风沙侵袭不会溃散
多冷的寒风呼啸不会打战

从此,你就是你自己的王者
丰满了生命的羽翼一飞冲天
不再会有人性的丧失和沦陷
更不会在挫折面前示弱乞怜

你有了决胜千里之外的魄力
你有了立于不败之地的风范
无人再能打败你内心的强大
你看世界的一切都风轻云淡

——写于2022年1月。

回应"不再沉默"

不会沉默

所以才会苦苦思索

不会沉默

所以才会不顾身单力薄

总想在溅起的浪花中

成为美丽的一朵

总想在凌乱的人群中

保持着孤傲的整洁

总想在城市的成长中

为了尊严奋力一搏

不知为什么

往日艳阳高照的南方

却承受着一次次冰雪

不知为什么

一次次大声疾呼

却总被平庸的浩瀚淹没

夜晚　仰望星空

泪眼婆娑

叩问苍天是该沉沦

还是继续不再沉默

不再沉默

——写于2022年4月。

好朋友,咏别!

好朋友啊
你怎么会以这样的方式
以这样的方式与我们
不辞而别,不辞而别

昨天你还在
微信里谈笑风生
最后的信息
却在离开前的一小时永远定格

说好了
下周就可以见面
一起品尝你的新茶
一起把酒言欢
谈谈这风云激荡的世界

说好了
一起去国内调研

去开阔视野眼界

推动你牵挂的城市转型

让城市里还有的一处处荒凉

变成如诗如画的绿色田野

说好了

我们退休的那一天

一起去日本看樱花开落

由我来当旅途的向导

一路为你道来这异域风情

再远的旅程都不会寂寞

说好了

那时我们再无羁绊

可以时常想聚就聚

吹嘘我们年轻时的英姿飒爽

侃一侃我们共同喜爱的诗歌

你从来都很清醒

不愿意与世混浊

你从来都很高傲

追求自身的卓越

从第一次见面
你的睿智就打动了我
男人也有一见钟情
就是一种相见恨晚的感觉
就是一种惺惺相惜的感觉

没想到
我们之间还会有更深的缘分
我们有机会在一个城市工作
一起去丈量这个城市每个角落
一起谋划重振这个城市的巍峨

一次次思想的碰撞
总有一束束火花闪烁
一次次坦诚的交流
总会提升思考的境界

无法再兑现了
我们彼此的一个个承诺

再也看不到了
在一起最开心时你的笑容
再也听不到了
你指点江山时的慷慨激越

现在还不敢相信
你的离去会是真的
不敢相信你会这么残忍
竟然悄悄地不和我们告别

留给我们无尽的心痛啊
留给我们千万般的不舍
留给我们永久的思念啊
留给我们回忆永不枯竭

昨晚和平时一样的微信
你就是和大家一一道别
留给世界一个洒脱的背影
这一刻让世界都为你静默

好朋友，一路走好！

——写于2022年5月8日，得知最好的朋友王咏前夜因心梗突然去世，瞬间潸然泪下。

给一位年轻的朋友

不犹豫
不彷徨
尽管前方有时雾霭茫茫

不回避
不躲藏
明明知道行走的路上
会有许许多多的路障

不放弃
不沮丧
风雨过后的彩虹
会放出万道霞光

不等待
不浪费分秒时光
日积月累的努力
默默无闻的拼搏

终会成就你最大的希望

其实
我们的人生
更多的时候是和自己较量
战胜了自己
就会走出黑暗
迎来黎明的曙光

——写于2023年6月。

终于退休回家

离开的一刹那
好像是一场梦啊
好像从没在这里工作过
好像一切都不曾发生啊

签了一圈字
会议通过了
离开收拾整洁的办公室
从此自由了

不用再去上班了
不用再去出差了
不用再去参加一个个会了
不用再去参加培训考试了

不用再向谁请假
不用上班却把家里牵挂
不用为了上班起早贪黑

自己的时间可以自己做主了

从没觉得早上这么闲暇
一只只小鸟飞过来对话
一声一声叽叽喳喳
它们终于把我当朋友了

从没在大白天走到阳台
以为太阳会把人烤焦了
谁知只支起了一把阳伞
就有徐徐微风轻抚脸颊

最美的还是静静的夜晚
周围是灯火闪烁的万家
天上有无数的星星眨着眼
弯弯的月亮在天边悬挂

即使电闪雷鸣的日子
不再担心家里门窗是否关了
站在屋檐下看雨滴汇集成河
听雨声把窗棂一声声敲打

太好了
终于想睡到几点到几点
终于想每天干啥就干啥
下周飞巴黎然后去希腊

让每天的日子如诗如画
让每天都像在爱琴海度假
让每天的花园开满鲜花
让每天的心情灿烂如霞

——写于2023年6月,一位朋友说起他退休后开始的新生活。

漂 泊

好大一艘邮轮
从头望不到尾
从下往上望,层层叠叠
像高楼更像一个童话世界

不同的年龄
不同的语言,不同的肤色
一群一群,一伙一伙
接踵而至,擦肩而过

有餐厅,有酒吧
有可以发呆的咖啡角落
有顶层的游泳池
地中海的阳光
瞬间会把你晒成小麦色

这里是一个城市
同样充满了烟火

每个人选择最舒服的方式
让心沉静下来
让时光流逝得更慢些

最喜欢靠在阳台的栏杆上
让海风把你的脸轻轻抚摸
看清晨一轮红日照亮海面
那一刻我激动得泪眼婆娑

无限宽广的大海
起伏着人生的波澜壮阔
此时此刻
我愿把一颗漂泊的心
交给这不停移动的世界

——写于2023年6月。

今天,特别想你

你现在飞在天上
也许穿越在云里
你也许累得沉沉睡去
你也许像我一样想你

其实
你在家的日子
我每天都在想你
但常常还没来得及想你
只要一想你就能见到你

但是
今天特别想你
也许是你和我相隔千万里
也许是不知你回程的日期
让想你变得如此强烈
让想你变得如此清晰

我知道

今天回家

推开门的刹那

不会看到你

不会听到你

但家里的每个角落里

都会充满了你的气息

注定今晚会失眠

我会反反复复地想你

注定今晚会下雨

那是我想你时的泪滴

——写于2023年6月。

你 不 在

你不在

一下子听不到了鸟的鸣啼

是不是鸟知道你去了巴黎

它们也许在你的后面

正奋力振翅追赶着你

它们带着我的思念

飞越了千里万里

一路狂风裹挟着暴雨

一路汹涌的海无边无际

只要认准了心中的方向

从未动摇，坚定不移

明天你一早醒来

也许在你住处的阳台上

会传来鸟的阵阵欢喜

你虽然不认识它们

但它们一定认得你

此后的日子

它们会每天陪伴你

让你仰望的巴黎的星空

每时每刻都写满了诗意

——写于2023年7月。

雷声，雨声

一阵阵轰隆隆的雷声
大大的雨滴拍打窗棂
我总会在雷声雨声中
再睡上它几个回笼觉
追赶着被打断的梦境

而现在雷声雨声
却已经把我打醒
我睁开了睡眼惺忪
没有了往日的回笼

检查每层窗户是否关闭
看看是否会飘进雨和风
检查阳台是否会淤积水
担心雨水汇集倒灌屋中

望着窗外的一簇簇蔷薇
耀眼的美变成落地残红

盛开的月季，随风摇曳
在雨中展现最美的姿容

巴黎，是否也在下雨
你是否和我一样清醒
在一起时的点点滴滴如梦
此时思念如海在心中奔涌

——写于2023年7月。

妈妈,最想你

经过多少天的筹划和期盼
妈妈终于到了遥远的巴黎
一次一次想去看你
这次总算达到了目的

从你小时候开始
爸爸就很少陪伴你
总是被一声令下
随时奔赴南北东西

从你四个月大时
妈妈就自己带着你
习惯了每天班车的拥挤
无论车怎样摇晃
妈妈总是紧紧地抱着你

于是
妈妈成了你的依赖

成长中遇到的每个挫折
人生中取得的每个成绩
第一时间都会与妈妈
分享雾霭，分享虹霓

而爸爸只是你的偶像
让你的人生目标不断清晰
而你与妈妈每天的分享
让你迈出的每一个脚步
都踩在了坚实的大地

那年，你去法国
去完成大学的"3+1"
妈妈就想去看看你
那年，你去北京挂职
妈妈就想去看看你

爸爸说
法国太远了，去不太容易
爸爸说
北京太近了，回来很容易

结果,每次妈妈都没成行
错过了一次次的机会去看你

妈妈见到你时最灿烂的笑
妈妈见到你时说话的语气
我好像突然醒悟
原来妈妈每次说得很随意
其实她是真的最想去看你

——写于2023年7月。

喜欢这生活有时再慢些

——自然相遇

挡不住的春天

河流正在解冻
可以听到冰下河水潺潺流淌
等待坚冰融化
河水就会一曲高歌一路欢唱

灰秃秃的山脉
悄悄地改变着颜色和模样
一片片的森林
浅浅嫩嫩的春意即将绽放

寂寞了一冬的大地
睁开惺忪的双眼四处眺望
大地轻轻敞开胸膛
等待着人们把种子播撒上

寒冷的冬天
冰封了天上和地上
可是再寒冷

依然挡不住天地对春天的向往

漫天的风雪
迷离了万物，把一切盖上
可再大的风雪
依然挡不住万物对春天的渴望

肆虐的疫情
却让人们更加友善更加坚强
依然对春天充满期待
依然对春天充满畅想

这个春天仿佛还无音讯
这个冬天仿佛还很漫长
这个春天仿佛还很遥远
但是　我相信
这个春天已经在路上

无论何时
人们都对春天充满热切的盼望
无论什么

都不能把要来的春光阻止阻挡

我相信

再晚的春天

会一样鲜艳一样盛装

我相信

再迟的春天

会一样缤纷一样明亮

——写于2020年3月。

轻轻的海风

一直向往着大海
今天终于一路北上
车里面欢歌笑语
车窗外掠过
一个个绿色山岗

憧憬着如何度过假日
聊着一个个里短家长
偶尔小朋友歌声嘹亮
欢乐燃烧着每个人的胸膛

再远的距离
都抵不过愉快的时光
不知不觉就看到了
远处起舞的簇簇海浪

老爸已经迫不及待
一路小跑奔向海浪

鱼儿一样地游来游去
好像这里是他久违的故乡

小朋友格外兴奋
一跃扑向大海的宽广
感受着大海的柔情
体会着大海的坚强

你仿佛回到童年
幸福让疲劳一扫而光
随海浪一道起伏伏
仿佛靠着老爸坚实的臂膀

老妈不甘心落后
推起小车一路欢唱
心中充满着喜悦
追赶着海浪追赶着夕阳

夜深了
海上升起皎洁的月亮
轻轻的海风

温柔地触摸着每个人的心房

一个个温馨的画面
一段段快乐的时光
这就是所谓的岁月静好
会在我们记忆深处珍藏

——写于2020年7月。看到一张照片，一家祖孙三代去海滨度假，被照片中那种欢乐的气氛所感染和感动。

今年的第一场雪

2021年的第一场雪
下得确实少了些
少得不能像儿时那样
可以在雪地里玩雪堆雪
挂在树上的雪
经不住一阵风对树的摇曳
覆在大地上的雪
盖不住落下的黄叶

但是,雪既然下了
就预示着真正的冬天来了
有了冬天的气息
人们开始冬天的穿着
各种各样的长短大衣
成了一道流动的景色
在风雪中行走的人们
给大地留下一串串浅浅的脚窝

尽管疫情还未过去

尽管病毒还在肆虐

人们对自身的防护

成了生活的不可或缺

坚持运动坚持读书

每一天都不虚过

相信雪过天晴春天来的时候

一定会遇到更好的你我

——写于2021年1月。

在这洁白的天地里

夜里开始下雪了
比第一场多了一些
望窗外茫茫大地
一片片银装素裹

车的门把手被冻住了
车顶上覆盖着厚厚的雪
好不容易启动起来的车
在路上如蜗牛般一步一挪
没有人抢道没有人鸣笛
静静的路上
留下一道道深深的车辙

过往的行人
小心翼翼地走着
偶尔滑倒了
没有抱怨反而笑了
擦肩而过的行人
都露出友好的笑靥

不时有人停下来拍照
每处雪景都不想放过

更欢喜的是一群孩子
在雪地里跑着呼喊着
这雪的世界平时只在
妈妈讲的童话里见过
打着雪仗堆起了雪人
塑造着想象中的世界

我们喜欢这雪的世界
喜欢听到孩子
久违的笑语欢歌
喜欢这生活有时安静些
喜欢这生活有时再慢些

我更喜欢
在这洁白的天地里
任思绪千万里驰骋
静静站在窗口沉默

——写于2021年1月。

与鸟儿的对话

清晨

站在窗前

望树叶上的雪花

被风吹得飘飘洒洒

一只鸟

飞到窗外的窗台上

一个劲儿叽叽喳喳

我以为它是看见了我

是想和我隔着窗对话

而且

它不止一次地

从对面的爬满蔷薇的墙上

憋足力气直冲而下

我以为

它想要穿透这层玻璃

想和我面对着面对话

我出去运动回来
鸟依然
在那儿叽叽喳喳
我仔细地观察
才发现自己可能错了
原来里面的窗台上
有几盆绿意盎然的花

鸟
执意不走
一定是因为
它看见了里面的绿色
它以为春天来了
它是想要和春天对话

——写于2021年3月。

喜迎春来

节前最后一个周末
在室内室外忙起来
清理了很多旧物品
扔掉了很多垃圾袋

打扫了每一个角落
打破了蜘蛛的丝带
擦亮了窗上的污渍
掸去了多日的尘埃

整理了衣架和衣柜
把厚厚大衣收起来
挂上了春天的衣服
心瞬间开始绿起来

消杀掉附着的病毒
一扫连续漫天阴霾
露出多日遮挡的脸
沉沉的心轻松起来

要把那春风迎回来
要把那春光迎回来
要把那鸟鸣迎回来
要把那嫩绿迎回来

让草的味道飘进来
让花的芬芳飘进来
让春的光芒照进来
让蛰伏的心动起来

开始回归平常生活
不再纠结不再悲哀
心里已有丘壑万千
眼里已有星辰大海

这一刻让漂泊的心
能够安静地停下来
让思念也春暖花开
铭记过去期待未来

——写于2021年4月。

不再辜负这一片金黄

多好的季节啊
看天高云淡
享秋高气爽

多好的天气啊
微风阵阵私语
落叶沙沙作响

今天在这里驻足
看那一片片树林
已染上一片金黄
望湖面微波涟漪
荡起心中千层浪

经历了北方的严寒
经历了春寒的料峭
经历了夏天的灼热
迎来了今天的金黄

金色的秋天

金色的希望

金色的收获

金色的畅想

——写于2021年10月。

这才是雪的模样

昨晚入睡前
听窗外有一种声音
不是风,不是雨
推开窗,看雪花正纷纷扬扬
才知道那是雪的声音
轻轻的柔柔的,随风飘洒
让人的心也一阵阵飘起来

于是在这深深的夜里
在这铺天盖地的雪中
我想起日本诗人写的诗
——《深夜的雪》

我喜欢雪
雪喜欢深夜
那不断积起的温暖的雪
那让人真切地感受到重量的雪

于是,在这雪中
我沉沉睡去,一觉到天明

早晨起来后向窗外望去
一切的一切上面都是雪
这是我期待了很久的雪
这是我小时候玩过的雪
这是童话世界才有的雪
这是我梦里梦见了的雪

——写于2021年12月。

海天落日

之一

终于明白了海天相连
看那波涛滚滚浪滔天
各种的海浪不断变化
演绎一个个沧海桑田

不是海浪映在了天空
是一朵朵云彩在浪漫
尽情地奔放地跳起舞
舞出一首首壮丽诗篇

我们常常来到这海岸
总以为大海宽广无边
向大海倾诉着心里话
从大海吸取力量源泉

在广袤无际的天空里

大海啊只是一道蔚蓝

无论风云如何地变幻

天空才是大海的港湾

之二

落日依山是这般绚烂

有依依不舍无限眷念

虽然即将慢慢地落下

最后的一瞥依然耀眼

常常说旭日东升最美

喷薄而出照亮了黑暗

让万物复苏蓬勃生长

让世界充满欢声一片

我说落日才美轮美奂

从东到西不停地旋转

已经阅尽了世间百态

始终不改照耀的信念

自然不只是一种轮回

有早晨旭日冉冉升起

才有傍晚的落霞满天

经过漫漫的长夜等待

才会有黎明时的狂欢

——写于2021年12月，欣赏张广瑞老师拍摄照片有感。

宁折不断

看这一棵柳树啊
不知何时被折了
但并没有被折断
只是挺拔的树枝
弯曲着伸向水面

它依然吸取树根的营养
它依然与树干骨肉相连
在春风吹绿大地的时节
它依然垂下绿色的缠绵

在北方寒冷的季节
没有了熙熙攘攘的场面
折弯的树枝并不孤单
依然有千万柳丝舞翩跹

有一点点绿一点点黄
隐隐约约,若隐若现

这是对秋天不忍告别

更是对春天充满期盼

看这一棵柳树啊

装载了太多内涵

不去和周围比攀

期待在最美季节

呈现出奇特景观

——写于2021年12月。

展示自己的独特风情

在这寒冬的时节
今天依然是北风
跑出去,跑起来
运动,就是生命

在美丽的丁香湖畔
一圈就是一个里程
将近十公里的距离
跑起来便脚下生风

湖面如潮水般汹涌
一浪接着一浪簇拥
那曾经结冰的湖面
被浪冲成块块冰凌

我想起在鄂霍次克海
乘破冰船在冰上启程
嘎嘎的声音刺耳响起

是船头在破冰中航行

看那水面飞舞的鸟儿啊
为什么没有回南方过冬
是因为在飞行时掉了队
还是喜欢上了千里冰封

它们一对一对地飞行
有时站在冰面上不动
好像是在互相凝望着
那眼中可是款款深情

有三五成群的跑者
有的年老有的年轻
不断从你身边跑过
成为一道美丽风景

有的儿童刚开始跑步
追着父母跑步的身影
气喘吁吁，踉踉跄跄
跑着跑着与大人竞争

湖水冰凌,鸟儿人影
不畏北风,不畏寒冷
在这广袤寂寥的世界
有不一样的万般生灵

仿佛都有自己的目标
仿佛都已经开始觉醒
让自己与那天地同在
让自己展示独特风情

——写于2021年12月。

风过飘香,与花窃窃私语

——花的世界

花开花落

曾经满园的花朵
一个个凋谢
曾经热闹的小院
仿佛太落寞

开花的时刻
是最浪漫的季节
缤纷的五彩
装扮了最美世界

经历了风雨
到了收获的季节
付出的汗水
结出了累累硕果

眼前的寂寞
是成长必经的时刻
把根深深扎在地下

等待春风的又一次抚摸

人生啊
每个阶段
都不容错过
只有努力了
过程才是最美的收获

——写于2017年7月。

花的短歌（六首）

其一

雨过天晴，扑面清风；

是花是菜，都已苏醒；

美好时光，芳心萌动；

有的含苞，静待花容；

有的绽放，玉立亭亭；

盼你归来，满园风情！

其二

清风拂面，阳光灿烂；

不甘落后，争芳斗艳；

白的如雪，红似火焰；

硕大叶后，黄花一点；

小小花园，人间天上！

其三

雨后露珠，晶莹剔透；

风吹不落，光驱不走；

一点一滴,慢慢渗入;

滋润生命,天地竞秀!

其四

清风扑面,又见花荣;

开得鲜艳,落得从容;

含苞待放,从不相争;

宛如生命,开落注定;

有过美丽,不虚此生!

其五

一觉醒来,天还未亮;

迈到院子,真有点凉;

这场阵雨,一切变样;

绿的更绿,恣意生长;

红的娇贵,黄的芬芳;

拿到市场,估计疯抢;

经过风雨,才有辉煌!

其六

一场好雨,全部湿透;

每个叶上,挂满水珠;

有的挺拔,有的俊秀;

马上绽放,毫无保留;

天下美景,唯我一流!

——写于2017年6—7月。

赞美人蕉

一直欣赏着百合
却忽略了美人蕉的珍贵
一直以为百合娇媚
美人蕉只有绿叶相随
一直以为被呵护的才会绽放
没想到美人蕉
开得如此光辉

不在乎是否被人关注
不在乎是否每天有水
不在乎是否风吹日晒
不在乎是否雨雪春雷

只要根植于大地
就要敞开心扉
盛开怒放
超过最美的玫瑰

——写于2017年7月。

不屈百合

一场狂风暴雨
敲打着娇嫩的百合
一夜醒来
百合花
被打得七零八落

有的花叶
随风飘散
有的花叶
被从中间打折

有的
不屈不挠
坚持着　绝不凋谢

有的
依然亭亭玉立
又开出金黄的花朵

——写于2017年7月。

雨后绽放

一夜的狂风大作
一夜的倾盆大雨

一样的盛开绽放
一样的亭亭玉立

只是灿烂的笑容
挂着点点的泪滴

生命本来就不易
可偏偏追求美丽

无论受多大委屈
依然不愿意放弃

知道会花开花落
有一天终会离去

面对困难和挫折

仍始终坚贞不屈

——写于2017年7月。

花开有时

闷热的天气
容易让人倦怠
但每一个生命都未停息

仿佛心有灵犀
有的先开,有的等待
只为赏花人,错开花期

播种时无心,成长却有意
有的还青涩,有的已成熟
只为园丁每天品尝付出的努力

人要成长,非由天意
有的默默无闻
有的春风得意
都在平时点点滴滴的努力

——写于2017年6月。

晚 开

晚开
并不自卑
因为它知道
早开的已经凋零

晚开
并不孤独
因为它知道
所有绿色都成了背景

晚开
并不着急
因为它知道
最美的是享受过程

晚开
并不骄傲
因为它知道

总有一天
它也要笑随东风

生命的绽放
不分早和晚
最美的标志
绽放的一刻会成为永恒

——写于2020年7月。

题 花
——昨夜经历了风雨

再忙碌的早晨
依然不忘看你一眼
看到你依然盛开
我心里充满希望

也许是同样的表情
但今天的你已不是昨天的你
又经历了一夜的风吹雨打
有的花瓣已落
但新的花蕾又开始绽放

就是这样日复一日
渴望春天的来临
让你复苏芬芳
不畏惧冬雪秋霜
你知道
再漫长的秋冬终将过去

一切都挡不住

你拥抱灿烂的阳光

——写于2020年8月

只要有一朵小红花

无论多么遥远
哪怕雨天路滑
只要有一朵小红花
再远的回家路都不可怕

无论多么寒冷
哪怕冰雪不曾融化
只要有一朵小红花
就能感觉春天不远了

无论多么艰难
哪怕眼前的现状快把人压垮
只要有一朵小红花
就能再次出发如飞奔的骏马

无论何时何地
只要有一朵小红花
心灵就会越来越强大

无论何时何地

只要有一朵小红花

一切无所畏惧,不怕浪迹天涯

——写于2021年1月。

被花激发的诗情

从没有像今天这样
实实在在做了花农
伺候着一朵又一朵
每一朵都生命旺盛

同样地盛开和鲜艳
可每一朵都是不同
不但颜色各自争艳
每个花瓣别有风情

花来自遥远的大地
不曾想到与我相逢
相逢就是缘分注定
陪我度过春夏秋冬

细细观赏小小花园
仿佛看到田野风景
用心耕地用心品味

每一天都充满诗情

——写于2021年5月。

这一刻的含苞待放

经历了漫长的冬季
经历了严寒的侵袭
经历了这风风雨雨
经历了岁月的洗礼

即便再在寒冷的时候
你都坚持站在那里
即便再荒凉的时刻
你始终没有过逃避

这一刻的即将绽放
我深知其来之不易
待绽放的那一瞬间
定会带来万千欢喜

——写于2021年5月。

雨水，是纯净的吗

昨晚下起淅沥小雨
伴着雨声进入梦乡
梦到被滋润的花朵
变成无边花的海洋

早晨起来来到阳台
一朵一朵仔细凝望
本以为干净的雨滴
竟将纯洁的花弄脏

雨水原本干净纯粹
在春天把大地滋养
只是一路被污染过
变成了眼泪在流淌

花上留下哭的痕迹
是花把雨的泪收藏
一滴一滴化为力量

让花散出无尽芬芳

——写于2021年5月。

日日更新

昨天还是棵嫩芽

今天就有了花样

昨天还只是花蕾

今天就已经绽放

经历一夜的风雨

经历一天的阳光

经历痛苦的蜕变

才美得风风光光

每天走进这花台

每天感觉不一样

每天都有新发现

每天孕育新希望

人的一生也是一样

经历风雨才会成长

度过了一个个黑夜

就会有灿烂的曙光

——写于2021年6月。

月季花开

花在阳台上

栽在花盆里

有阳光高照

有每日浇水

有精心侍候

但是,可能是天冷了

那天之后不再有花蕾

那天之后不再有盛开

上周出差前

我把花搬下来

栽到了大地上

走了一周

没有再浇水

没有再修剪

每天只有正午时的阳光一瞥

昨晚出差回来

细细的花枝上结满了花蕾

有几朵已经开始绽放盛开

这是扎根大地的盛开

这是不畏严寒的盛开

我想起那句诗

"苔花如米小,也学牡丹开"

我知道

今天只是盛开的开始

有了这含苞待放的花蕾

从此,这片土地不会寂寞

从此,这个冬天值得期待

——写于2021年10月。

平静的日子每天都风起云涌

——屏视世界

大自然铸就灵魂
——海蒂和爷爷的故事

海蒂从小失去了双亲
她被带给了爷爷抚养
爷俩便开始相依为命
她成为爷爷至爱至亲
从此她喜欢上了这里
喜欢上了这里的山峦
喜欢上了这里的白云
喜欢这里的白雪皑皑
喜欢这里的山花缤纷

她被姨妈送到了城里
陪伴孤独的贵族小姐
被要求做有教养的人
只是那再艳丽的服装
只是那再丰盛的晚餐
只是那再华美的房间
都不可能留住她的心

多少个漆黑的深夜里
她放飞着自己的灵魂
梦见了那座山那片云
是那位善良的老奶奶
看懂了这个孩子的心
把她送回爷爷的身旁
失魂的爷爷高兴万分
更高兴的就是这海蒂
她恢复了少女的纯真
她又能在山野间奔跑
她又在凝望远方的云
追随她来的贵族小姐
每天闻着空气的清新
在抓一只蝴蝶的刹那
一直僵硬不能动的腿
竟能站起一步步行进

这就是大自然的力量
从小铸就我们的灵魂
让我们有快乐的时光
让我们有善良有纯真

总能让我们放飞理想

总能让世界不断前进

——这组诗写于2021年11—12月,一部部优秀影片,让我感动,让我思考。

一场没有结束的较量
——"金刚川"

这不是国力的较量

新中国建立初期

一切的一切百孔千疮

几乎没有飞机

几乎没有军舰

没有什么新式的装备

没有什么像样的武装

再看看美国

有我们多少倍的铁

有我们多少倍的钢

有最先进的飞机肆意飞行

有最先进的军舰到处巡航

还有所谓的同盟

一个个穷凶极恶

一个个无比猖狂

这是一场无法预测的战争

这是一场影响时代的较量

金刚川

横跨两岸的大江

围绕着修桥和炸桥

双方展开了一场生死较量

它只是抗美援朝中的一场战役

却让我们看到

中国如何赢得较量

这是一场意志的较量

美军把无数的

榴炮炮弹、加农炮炸弹、燃烧弹

投到桥上投到水面上

木桥一次次被炸毁

又被战士们一次次修上

修桥与炸桥

炸毁只是一瞬间,但修桥

却有无数的战士把命搭上

修与炸之间无数次回合

最后,伟大的战士们

终于渡过了金刚川

鲜血染红了这条江

这是一场信仰的较量
一场浩大的战役正在打响
不知道能否打赢
只知道现在的命令就是过江
尽管随时有战斗机轰炸机
知道随时会有鲜血四溅
知道随时会有生死存亡
却不断有战士为掩护战友
一次次把自己周围的火点亮
只为让更多的战友活着过江

这是一场血性的较量
双方都打红了眼疯了一样
一个美军的飞行员觉得
中国没有像样的高射炮
对手不能把他怎样
他在空中玩着花样
把无数的炸弹扔到江上
我们的炮兵紧紧把他咬住
一次次发射
怎奈距离太远

一次次让他躲避了死亡

最后剩下的一名炮兵

一条腿被炸断，全身受伤

用最后一枚炮弹

终于把得意忘形的美军飞行员打下来

这一刻他奄奄一息

鲜血在他身上不停地流淌

每一场都是这样反复地较量

我们的战士就是用这样

打不垮的意志

不怕死的血性

毁不掉的信仰

一次次把胜利播撒在大地上

一次次把希望涂抹在蓝天上

一次次把幸福写在人们脸上

也将自己刻在了历史的丰碑上

过去了多少年的时光

世界已经变化了模样

只是在那没有硝烟的地方

每天依然进行着生死较量

琴声飞扬
——"绿皮书"

这是司机与钢琴家的故事
这是白人与黑人的故事
这是雇员与老板的故事
这是感受励志和友谊的故事

唐——黑人
作为世界知名的古典钢琴家
要去南部——种族隔离
最严重的地方巡演
他希望用音乐的媒介
消除黑人与白人之间的偏见

一天天在长途跋涉
一天天在起早贪晚
一天天在忍受屈辱
一天天把梦想实现

人们愿意听他的演出
在台下却给他一个个难堪
不允许他上室内卫生间
不允许他在餐厅里就餐
不允许他日落后在外逗留
甚至把他拘留关在监狱里面

托尼——白人
作为司机一路同行一路陪伴
每晚为他的精彩演出鼓掌
逐渐被他的人格魅力感染
时时刻刻感受他内心的波澜

彼此不断地打开心扉
不断消除心中的偏见
成了跨越种族的朋友
圆满完成再次的巡演
在大雪纷飞的圣诞夜
他们终于与家人团圆

要改变这个世界其实很难

那就把改变自己作为起点
途中遇到的那一个个挫折
是对走向成功的巨大考验

要改变今天世界的混乱
关键在于心与心的改变
心里的障碍藩篱被打破
才会彼此携手共渡难关

凝望·希望
——"怦然心动"

门前的这一棵大树
承载了她所有的梦想
她常常在上面
度过一天最美的时光

早晨,天微亮
她就爬到最高的树枝上
望一轮旭日从地平线冉冉升起
带给她光芒四射的万道霞光

她在凝望时
感觉在那霞光中自由翱翔
因此总是赶不上校车
总是迟到,最后一个走进课堂

课堂上
她常常陷入沉思陷入遐想

那一棵树上望见的一切
总在她的头脑中闪光发亮

放学后的傍晚
大树成了她最爱的课堂
那夕阳渐渐西下的景象
美轮美奂，让她一生难忘

只是邻居要建房屋
要锯掉这棵树腾出地方
任她怎样央求都无济于事
任她的眼泪不停地流淌

善解人意的父亲
深深了解她的心事她的愿望
在画布上画出同样的大树
挂在女儿房间的墙上

人就是这样
在这种希望—失望—希望中
她开始不断长大

她开始不断成长

和她一起长大的小男生
因为一次次懦弱让她失望
随着他渐渐长大
终于知道了她每天所思所想
在原来锯掉树的地方
他栽上了一棵小树
把希望栽在了她的心上
让她的快乐又回到脸上

很多人心中都有一棵树
它承载着太多的好时光
那是我们开始望见世界的地方
在那里我们开始有了成熟思想

只是现在生活的地方
已经没有了这样的大树
可以让我们从小瞭望
尽管已经长大
可很多人依然看不清远方

舞出最美人生
——"跳出我天地"

生活在一个矿工家庭
如果顺其自然
就会像爸爸一样
永远走不出矿井
就会像哥哥一样成为一名矿工

一次拳击课后
他看到对面教授芭蕾舞的情形
竟看得心醉神迷
不知不觉走进练习的队伍中

他还太小
不知道今后会有什么发生
只是一听到音乐
他的身体瞬间就有了反应

老师看出他的舞蹈天赋

与反对他跳舞的父亲据理力争
一次次严格的辅导
一次次刻苦的训练
让他的舞步变得格外轻盈

一次在他父亲面前的展示
终将顽固的父亲打动
对抗多年的父子和好如初
父亲希望他开启不同人生

走进皇家戏院的考场
来自底层社会的他懵懵懂懂
很多问题不知如何回答
他只能用舞蹈
展示他对舞蹈的痴情

考官问他跳舞时的感觉
他说
一跳就停不下来
就像电流击打在心中
好像忘记了一切

就像小鸟翱翔在天空

那种舞蹈人真正的感觉
让所有的考官心中一动
他终于走进顶级的学府
父亲高兴得快要发疯

从此走上伦敦的舞台
在世界上舞出最美人生
这个青春励志的故事
激荡着每个年轻的生命

人不要埋怨自己的出身
更不要抱怨社会的不公
人生,从来就没有坦途
命运,从不会生来注定
一切在于你是否会觉醒
是否会始终如一地坚定

有书陪伴的丰盈
——"刺猬的优雅"

一位门房
生活在社会最底层
每天没人关心她
几乎没人知道她的姓名
她每天倾倒垃圾
把地板擦得干干净净

只是没人知道她有一间书房
她在那里享受着孤独与清醒
她读列夫·托尔斯泰
她知道
幸福的人是相似的
不幸的人各有各的不幸
她早年死了丈夫
多少年一个人孤苦伶仃
在多少寂寞的光阴里
读书成了她生命的支撑

后来，一位住进来的日本人

发现了她门房身份的另一面

因为她给自己的猫

起了"托尔斯泰·列夫"的大名

他主动走近她，邀请她

逐渐把她的心打动

赠送给她的《安娜·卡列尼娜》

成为她每天深夜必读的内容

还有一位小朋友

看起来玩世不恭

其实她看不惯这嘈杂的世界

看不惯大人们每天追利逐名

她用摄像机拍下喧嚣的一切

她在墙上画出她自己的憧憬

她发现了门房有自己的书房

她画了一幅画——

那是门房读书时的情景

一大一小两位可爱朋友

渐渐温暖着她封闭的心灵

她开始感受到生活的美好
她向往着踏上幸福的旅程
为救行走在路中间的醉汉
飞驰而过的车碾碎了她的生命

虽没来得及享受新的人生
她已懂得生命会被尊重
相信她在临走的一刹那间
虽有遗憾但更多的是安宁

只是世间多少人穷尽一生
却没有真正完全读懂生命
无论正度过多卑微的人生
有书有情陪伴便格外丰盈

总在想，夜难眠
——"钢琴家"

之一

一位天才的钢琴家
在德国纳粹占领期间
每天都在死亡威胁下
每天的生存格外艰难

他忍受着饥饿的折磨
每天都可能是最后一天
他忍受着非人的羞辱
没有一丝做人的尊严

只是再难都没放弃音乐
最寂寞时手指轻轻空弹
仿佛就有美妙的钢琴曲
回荡在他的耳畔和心间

钢琴家只是他的职业

音乐才是他不屈的信念
琴声打动了一名德国军官
他终于迎来胜利的一天

之二　探访奥斯威辛集中营

我曾经到访过这里
见过的一切始终历历在眼前

这是纳粹建的最大集中营
四周电网密布，壁垒森严
绞刑架，毒气浴室，焚尸炉
每天都在对人体进行
永远无法醒来的医学实验

我看到一堆堆头发
多少人的头发才能如此堆积如山
这分明就是一具具尸体
在向世人进行血泪申辩

还有遇难者留下的
首饰、玩具、行李箱

仿佛在无声地诉说

他们曾经生活得多么平静

现在它们

都是纳粹的罪证，铁证如山

还记得当时看到这些

巨大的冲击直抵我的内心

都仿佛是活生生的人

用曾经的美好展示痛苦的磨难

之三　抚顺平顶山惨案遗址纪念馆

这是中国版的奥斯威辛集中营

曾经有三千多人在此遇难

这是日本犯下罪行的又一铁证

现场的累累白骨

将当时的情景再现

三千多名手无寸铁的男女老少

被日军突然包围驱赶

就在这平顶山下被集体屠杀

并被浇上汽油焚尸灭迹

日军企图掩盖这惊天的惨案

一堆白骨，交叠错落

都是发掘时原样再现

每具白骨的姿势

都是生命留下的最后瞬间

打进骨头里的铜弹头

依稀可见，锈迹斑斑

头骨上军刀砍出的豁口

赫然在目，仿佛有鲜血涌现

一张张怒张的大嘴

是控诉，是怒骂，更是呐喊

从此，我记住了这平顶山

记住了这奥斯威辛的中国版

之四　想起了南京大屠杀

这一段历史最不容争辩

这一段历史最悲壮悲惨

这一次大屠杀长达四十多天

这一次死难者的血至今未干

一名大学教师上课时说

南京大屠杀的人数

是小说家的想当然

一名日本的市长说

南京大屠杀根本不存在

否则日本必须跪地道歉

中国人每个生命都不容践踏

每一个生命都有生命的尊严

日军屠杀的哪止一个三十万

是十几个，是几十个三十万

华裔女作家张纯如

首次向西方世界全方位

揭露南京大屠杀的惨绝人寰

面对挖掘出的无法相信的真相

她沉浸其中，最终开枪自杀

因为她无法原谅这人性的黑暗

此时此刻
眼泪已蒙住了我的双眼
我紧握双拳叩问这人间
战争如此残忍如此悲惨
为什么至今仍战火不断
无论出于什么样的理由
难道和平没有斡旋空间
你可听到过去了多少年
死去的灵魂依然在哭喊

此时此刻
我浮想联翩,彻夜难眠
有什么能超越生命尊严
相互联通的大千世界啊
还有什么能把人心阻断
如果有坚定不移的理想
如果有坚不可摧的信念
或许不会延续彼此仇恨
或许会让阳光洒满人间

此时此刻
钢琴声回荡在我的耳畔
轻轻诉说着生活的浪漫
描绘着一个个温馨画面
那里有起伏的一片大海
那里有水草丰茂的草原
那是对人类文明的呼唤
那是对持久和平的期盼
那是对生活最美的祝愿

静静告别
——电影《最后一课》观感

一位老夫人
感觉一天天老去
越来越寸步难行
她不想成为家人的负担
希望在那一天到来之前
体面地与家人辞行

她开始整理
整理生活的点点滴滴
每一件用过的东西
都收拾得干干净净
每件给亲人的礼物
一一标明祝福的内容

儿女最初不能理解
要接她一起生活
或送去养老院

直到她彻底老去
为她尽孝为她送终

她不想老得不能动
再被医生反复救治
每天经历痛苦折磨
身体变得千疮百孔

她知道自己的生命
早晚有一天无踪无影
她只想在清醒时
走得安宁走得平静

我们都会走完生命的里程
只是选择的路径各不相同
当我们不再能读书
当我们不再能旅行
就让我们静静告别
留给世界一个背影

在另一个世界

与亲人同赏一轮月亮

与亲人同望一颗星星

虽然已经远去

却永远活在亲人的心中

苦难与觉醒

——电影《金陵十三钗》观后

这是一支悲伤的歌

这是一首充满血泪的史诗

这是一次彻底觉醒

这是一段刻骨铭心的历史

之一 血腥

从没见过这么多血

孩子的血

老人的血

女人的血

男人的血

百姓的血

战士的血

这天地间除了血色

再没有了别的颜色

血流成河

不，这些血如果流入大海
一定会把那大海染成红色

之二　人性之恶

这些刽子手啊
没有了理智
丧失了人性
所到之处
无恶不作
见人就杀
哪怕怀了孕的妇女
哪怕手无寸铁的百姓
甚至在杀人的时候
还发出一阵阵笑声
他们烧毁了所有的建筑
烧焦的土地从此杂草不生

之三　觉醒

艰难困苦

玉汝于成

这场大屠杀

让无数人开始觉醒

一个曾经浪荡的美国人

糊里糊涂成了神父

要帮所有的学生逃生

平时醉生梦死的妓女

为救出年轻的女学生

毅然决然踏上死亡的路程

一曲《秦淮景》

唱尽她们的青春

唱出她们的柔情

更是她们留给世界最美的回声

这样接续不断的牺牲

使我们这个民族终于走出

走出了苦难，走出了沉重

走向了伟岸，走向了巅峰

心灵治愈重生
——电影《禁闭岛》观后

一块墓地上有块墓碑
写着——记得我们也曾经
活过、爱过、笑过
这是这里对待罪犯和病人的态度
体现着人性的关怀和对人的尊重

海边的一处灯塔
始终有阳光照耀有海水簇拥
那是一种希望,一种象征
它用静静的伫立,抚慰着受伤的心灵

莱,还有更多的人
看起来疯疯癫癫
是因为内心承载了
太多的创伤和苦痛

只是莱最后明明已经清醒

却愿意接受一种手术

愿把一切忘得干干净净

这需要多大的勇气

这需要多坚强的心灵

每个人都有不同的人生

有的浑浑噩噩，蹉跎一生

有的不断追求，放大一生

没有人会顺顺利利

没有人会轻轻松松

战争的年代里

有太多的人经历太多的苦痛

有的因此失去了生命

有的虽然活着，却痛不欲生

今天虽然是和平的年代

人们却对世界的未来感到惶恐

无论何时，人生都不会太轻松

世界和时代总把我们卷入其中

我们不想屈服命运的摆弄

我们时刻准备去拼搏抗争

我们希望没有禁闭岛

我们希望心灵能够自愈,能够重生

我们希望那座灯塔永远屹立

在风中,在雨中

在灿烂的阳光下

被大海的浪花簇拥

反省胜利与失败
——电影《类人猿行动》观后

有许许多多的胜利

其实并没有什么特殊意义

有许许多多的失败

却失去太多有意义的生命

看到每次胜利

我都不会站起来欢呼

因为这些胜利

是　无数生命在支撑

看到每一次失败

我都起来默哀

为战斗到最后一刻的战士啊

他们用鲜血把晚霞染得更红

人们常常会记住胜利

因为庆祝胜利的场面太隆重

今天就让我们记住失败吧
让我们对历史进行一次反省

我常常在想
这个世界到底
什么才是所谓的永恒

我们常常说
最后正义一定会取胜
可迟迟不见正义身影

我常常在问
此刻的室外天寒地冻
只听得见呼啸的北风

踏上草地青青

——新加坡的雨,南美洲的云

新加坡的雨

不会忘记新加坡的雨

伴着电闪雷鸣

把黑夜照亮

让沉睡的人惊醒

不敢再入睡

一起相拥到天明

不会忘记新加坡的雨

刚才还日和风清

转眼间阴云密布

暴雨夹杂着狂风

不敢移动半步

默默祈祷雨快停

不会忘记新加坡的雨

连绵几天不停

鸟儿耐不住寂寞

在树杈间跳动

人在雨中漫步

无意中成了别人的风景

不会忘记新加坡的雨

常常让我进入意境

一会儿在山谷间奔跑

一会儿踏上草地青青

一声一声在耳畔

点点滴滴都入梦

——这组诗写于2007年1月—2008年1月，在新加坡南洋理工大学学习，感受了"不一样的新加坡"。

绿

绿

是城市的色彩

每一处都经过精心的修剪

草地连着森林　向天边伸延

绿了眼睛

更绿了心田

绿

是季节的色彩

浅深淡浓　也有变换

一簇簇花朵永远鲜艳

绿也绿得色彩斑斓

勾画出一个国家动人的画卷

绿

是心灵的色彩

不同的种族　有着共同的信念

经济要不断腾飞

生活要不断改变

唯一不变的是对大自然的无限眷念

从容的旋律

人们说你是弹丸之地
我却不觉得你拥挤
不论在哪里
都可以看到蓝蓝的天空
都可以自由自在地呼吸

人们说你寸土寸金
但即使在市中心的繁华之地
也少见高楼大厦鳞次栉比
高、中、低,错落有致
一切都是井然有序

人们说你知道水的灵气
实际上你是为了应对缺水的危机
一片片水域把城市连起
也让紧张的节奏变得舒缓
让生活充满从容的旋律

人们说你最懂得规划

一片片绿地一望无际

因为国土狭小才格外珍惜

把更多的空间留给未来

更留给人类自己

河畔遐想

站在新加坡河畔
你会感到岁月的流淌
几十年上百年的码头仓库
写着历史的沧桑

多少人揣着梦想
跋山涉水闯荡南洋
多少人没有成功
落叶却永远回不了故乡

曾经有过屈辱的历史
国土被侵略者占据
无休止的付出
却实现不了国人的愿望

终于赢得独立
人民行动党带来希望的曙光
从治理新加坡河开始

国家由地狱变成天堂

一座座高楼拔地而起
幸福写在每个人的脸上
小船在河中荡漾
河面映着落日的霞光

码头仓库里面已是咖啡馆酒廊
外表依然是当年的模样
它似乎在提醒人们
有一段屈辱的历史永远不要忘

美丽圣淘沙

每次走进你
都仿佛在读一首美丽的诗篇
仿佛走进童话
仿佛走进浪漫

一小片沙滩
让我感到大海的无垠
温柔的海风
触摸着我的心田

不大的小岛
森林在无边际地蔓延
一条条望不到尽头的小径
激发着我的灵感

海上的音乐喷泉
伴着落日的余晖上演
现代的激光技术

演绎着古老与未来的梦幻

也有香格里拉
看不到人声鼎沸的场面
质朴、宁静是它的特点
仿佛是一方世外桃源

摩天塔是瞭望的制高点
无论何时俯瞰
新加坡的点点滴滴
都会映入你的眼帘

其实,这里还有很多亮点
但最美丽的是
每个细节都做到了极限
人工与自然总是和谐相伴

南大湖畔

永远是一片寂静
不论是黄昏还是黎明
每一个走到这里的人
都要把脚步放轻
永远是波澜不惊
不论是狂风还是雷鸣
总是神态自若
仿佛能把宇宙包容

永远是在倾听
倾听每个学子不同的心声
让欢乐无限地放大
让忧愁消失得毫无影踪

永远是在见证
见证一个个学子的成长历程
有你见证，结果已经不再重要
过程，才是永恒

相识是缘

茫茫人海里
人与人相识很难
就像春天和秋天不会见面
就像荒漠里长不出丰茂的树干

其实相识也很简单
只需要擦肩而过的瞬间
只需要匆匆看上一眼
只需要心有灵犀一点

相识
于是河流与大海相连
无风的日子里也有波澜
相识
于是高山与蓝天相伴
从此他们不再孤单

相识是缘

让人生的境界不断提炼

相识是缘

让人生的宽度无限拓展

真的要走了

真的要走了
长廊的粉色花朵已开始衰败
仿佛是离别的泪
一点一滴让它褪了色彩

真的要走了
往日喧嚣的校园已经安静下来
仿佛所有的人
都愿意轻轻地离开

真的要走了
一直控制着情感的天
仿佛已忍受不住
终于哭出来

从此的校园
开始翘首期待
思念它的人啊
何时可以再回来

临别感言
——献给老师们

在连绵不断的细雨中
在仿佛不变的季节里
时间踩着永不停歇的脚步
轻轻敲响新年的钟声

还记得当初我们带着期待
走进校园如走进梦境
今天却要离别
才感到时光过得太匆匆

不会忘记
每一位老师每一次讲授
都是异彩纷呈
让我们的思想在辽阔的疆域驰骋

将模糊不清的变得透明
用新鲜的知识丰富着心灵

一次次研讨辩论
让我们的信念更加坚定

虽说远在异国他乡
但时时刻刻感到肩负的使命
为了寻找一个个答案
多少个日子总是在灯下迎来黎明

校园还是原来的风景
在我们眼中却有了太多的不同
在一个个平凡的日子里
我们完成了对自己的一次又一次提升

2007
对很多人来说也许太普通
因为它承载了不一样的内涵
将让我们铭记终生

2008
我们将踏上归程
我们知道渐行渐远的背影里
永远会有你们关注的眼睛

涂鸦出不同天地

说是到处信手涂鸦的城市
几乎每个建筑每个墙壁
是涂得脏乱差
还是涂出了一个新的天地

很多看不出什么意义
很多好像没有什么新意
几乎都是色彩斑斓
仿佛给沉寂的街道
注入了一片片生机

不知道谁是作者
不知道什么时候涂上去
不知道作者的用意
不知道
他涂鸦时是悲是喜

他也许刚刚找到工作
他也许刚经历新婚之喜

他也许事业平步青云
他也许习惯了笑看人生风雨

也许为了表达一种观点
也许为了表达一种情绪
也许为了遮掩建筑的丑陋
也许为了让墙壁更加美丽

也许什么都不为
只是要感受涂鸦的一瞬间
让烦躁的情绪静静平息
让自己感受
这一专注时刻的狂喜

这是一座包容的城市
从不拒绝
任何一位涂鸦者的善意
它知道无论怎样的城市
都需要一种缤纷的活力

——这组诗写于2023年10月,出访南北美洲,行程匆匆,浮光掠影。

窗外的云
——飞行旅途中的凝望

有时像茫茫的雪原
感觉飞机在雪上滑行
有时像冰川
在天气转暖时碎成
一块块不规则的冰凌
有时一簇簇云
又像万马在雪原奔腾
仿佛能听到阵阵马蹄声
有时辽阔的云像沙漠
雾霭弥漫似刮起的旋风
有时又像一片蔚蓝的湖
湖底藏有万千的精灵
有时像千万朵浪花
在大海里不停地翻涌

我总觉得云是有生命的

在不断变换的大千世界

随风起舞,伺机而动

有时在诉说,有时在倾听

有时爱热闹,有时喜安静

展现一个个精彩的造型

留给人们瞬间美的永恒

站在云端

终于有机会这样
一次次,久久地
望着窗外的云
与云对话
心里涌出无限波澜

明白了云里雾里
一切模模糊糊朦朦胧胧
其实有时有些事是故意
就是为了让人
看不清事物本来的容颜

明白了风云变幻
是风让云汇积让云飘散
是风让云飘来又让云飘远
正像每天的世界
一切随时都在改变

明白了云卷云舒

一会儿云卷起千堆雪

一会儿舒展得一马平川

是一种应对的自由从容

是一种坦然的随遇而安

明白了过眼云烟

多美的云朵都在不停变幻

人在浩瀚的天地里

只是太渺小的一点

人在悠长的历史中

只是短短的瞬间

不用追求什么永恒

不用追求什么永不改变

明白了天高云淡

没有什么比天高

没有什么比云淡

只有站得高才能望得远

只有想得开才能看得淡

明白了乌云密布
都是在暴风雨来临之前
再狂妄的风
再黑暗的云
再滂沱的雨终会消散
终会迎来喷薄日出
终会迎来霞光满天

少年与海
——写在大西洋岸边

读过《老人与海》

一位老渔夫与马林鱼

在大海里搏斗

坦然接受失败

勇敢面对死亡

从不向命运低头

永远乐观向上

一位少年坐在海滩

坐在了不断涌起的波浪上

汹涌澎湃的海浪

一簇簇拍打着

小小少年的胸膛

他也许不知道

未来世界是什么样

但

再变换也不会如这海

再凶险也不会如海浪

少年凝视着这海

凝视着海的远方

我想

此刻的少年一定心情激荡

稚嫩的脸写满微笑和坚强

第一次亲密地

触摸这辽阔的大西洋

走在细细的沙滩上

柔软的沙

轻轻抚慰着我

让受过创伤的心

变得温暖而明亮

多少浪花涌在海里

多少云朵飘在天上

就这样望着海

就这样望着天

忘记了瞬间流逝的时光

忘记了世界的地老天荒

加勒比海岸

传说中的加勒比海
就在身边就在眼前
深蓝的海
更辉映出白云的舒展

看过多少部影片
加勒比海盗
已深深印刻在脑海间
只是经历了多少个世纪
留下无法破解的谜千千万
海浪日复一日拍打着岸边

海浪汹涌
一浪更比一浪高
像雪花一样飞溅
打湿了路边
打湿了车辆
打湿了过客的心田

一个人行走的早晨

一个人行走的夜晚

一个人,迎风向海

一个人,远望天边

这里的海

连着故乡的海

这里的天

连着故乡的天

在大海辽阔的背景里

在云卷云舒的天地间

我不再孤独不再孤单

不会消失的辉煌
——看墨西哥金字塔有感

远远望去
是一座古老的城
一块块不规则的石灰岩
粘成一道道墙
虽然已是残垣断壁
依然可以想象当年的模样

一条笔直的大道
旁边的高台被称为太阳
大道的尽头是月亮
在远古时期太阳衬托月亮

这里曾是一座宏伟的城市
人来人往,熙熙攘攘
只是在太阳月亮面前
人们虔诚地合起双手
默默念起心中所思所想

没有什么工具
没有什么机械设备
全凭着一双双手的力量
顶着烈日炎炎
把一块块石灰岩垒上

是谁,是什么
能让人们日复一日
积淀出历史的厚重
留下一种文化源远流长

是战争还是大火
是狂风还是海啸的海浪
让这里的繁华落幕
成为一片苍茫一片荒凉

只是多少年后
不高的垒台,斑驳的遗址
让后人一次次仰望
仰望的是一种文明
仰望的是一种信仰

后记

静静地坐下来，整理一下自己，整理一下过去，整理一路上曾经写下的点点滴滴。

给诗集起个什么名字颇费了一番脑筋，最后确定为"行走大地"。"大地"既可以指空间，也可以指时间；既可以指物质的，也可以指精神的；既可以指遥不可及的辽阔，也可以指咫尺之间的院落。这一切都可以让人思绪奔涌，这一切都可以连接过去、现在和未来。

一路走来，充满感谢，充满感激。感恩所有的感动，感恩所有的遇见。

感恩遇见你们——我至亲至爱的家人。是你们，风里雨里伴我一路前行。不论走得再远，不论走得再久，不论走得成功还是失败，每次回首，都会看见那盏灯照亮的港湾，让我无数次忘记疲惫，一路不懈坚持，一路勇毅前行。

感恩遇见你们——我所思所爱的风景。这风景，是一方土地，是一片天空，是无边大海，是窗前花红。这风景，是与朋友的交流，是自己内心的独白。有时，一朵绽放的鲜花，让我思考生命的全周期；一项重大的任务，让我变得深沉凝重；一次毫无目的的旅行，让我一下子把自己看清。

感恩遇见你们——我珍惜珍爱的朋友。在我成长的路上，你们总会不经意地出现，助我一臂之力，给我带来惊喜。

这里要特别感谢津子围兄，他写了很多精彩又经典的作品，非常繁忙，能抽出宝贵时间通读我的诗集并进行点评，给了我巨大的鼓舞和激励。感谢郎恩才老师，他是辽沈地区的著名诗人。二十几年前的相遇，奠定了我们一生的友谊。他已经八十多岁，还不顾炎热、不顾年迈，一字一句手写序言，让我备受感动。感谢我现在和曾经的同事对诗集的文字和内容提出的非常好的意见。这里还要特别感谢春风文艺出版社韩喆编辑，正是因为她的鼓励，我才有勇气把这本诗集整理出来。要感谢的人还有很多,感谢我所有的好朋友。

  这里的一切都是遇见。因为遇见而感动,因为感动而记录,于是有了这本诗集。

2024年2月